KB061533

팔지말고 사게하라

무일푼 노숙자 100억 CEO되다

최인규 지음

 다다오피스

최인규 대표의 100억 매출 성공신화

행복한 에너지

무일푼 노숙자
100억
CEO되다

초판 1쇄 발행 2017년 3월 25일

지 은 이 최인규
발 행 인 권선복
편   집 김병민
디 자 인 이세영
마 케 팅 권보송
전 자 책 천훈민
발 행 처 행복한에너지
출판등록 제315-2011-000035호
주   소 (157-010) 서울특별시 강서구 화곡로 232
전   화 0505-613-6133
팩   스 0303-0799-1560
홈페이지 www.happybook.or.kr
이 메 일 ksbdata@daum.net

값 15,000원

ISBN 979-11-86673-75-1 03810

행복한에너지는 독자 여러분의 아이디어와 원고 투고를 기다립니다. 책으로 만들기를 원하는 콘텐츠가 있으신 분은 이메일이나 홈페이지를 통해 간단한 기획서와 기획의도, 연락처 등을 보내주십시오. 행복한에너지의 문은 언제나 활짝 열려 있습니다.

팔지말고 사게하라

무일푼 노숙자 100억 CEO 되다

최인규 지음

행복한에너지

땀과 열정으로

개천에서 용 난다는 말이 있다. 가난한 사람들에게는 희망이 되는 속담이 아닐 수 없다. 그런데 요즘은 '개천에서 용 난다'는 말이 과거형이 되어 버렸다. 개천에서 아무리 노력해봐야 용 못 된다는 것이다. 심지어 금수저, 흙수저라 해서 '수저계급론'이 등장해 흙수저는 아무리 노력해봐야 금수저 못 된다는 인식이 확산되고 있다.

유래 없는 국정혼란과 대외적 불확실성! 경기는 침체되고 청년 실업률은 높아만 간다. 그중에서도 대학을 졸업한 고학력 청년층의 실업률이 증가하고 있다고 하니, 대학만 졸업하면 뭔가 길이 열릴 것이라는 막연한 기대감이 기대만으로 끝난 결과가 되었다.

필자는 공고출신에 대학도 나오지 못했다. 한때는 이단종교에 빠져 맹목적인 믿음으로 새파랗게 젊은 날을 허비하기도 했다. 미래에 대한 꿈도, 희망도 갖지 못한 채 10년이라는 세월을 세상과 단절하고 살았다. 그리고 종교단체에서 쫓겨나다시피 해 노숙자가 되었다.

어린 시절은 또 어땠는가? 지독한 가난 때문이었는지 모르지만 돈만 있으면 세상 모든 문제가 해결될 것 같다는 착각을 하고 살 정도였다. 새벽부터 들에 나가 농사지으시는 부모님은 자식들을 제대로 챙기지도 못했다. 어느 날 학교에서 도시락을 펼쳐보니 반찬통에 시커먼 생된장이 들어 있었다. 여섯 자식들의 도시락 반찬도 제대로 챙길 수 없을 정도로 살림이 팍팍했던 시절이었다. 된장 반찬이 부끄러워 도시락 뚜껑을 덮어 넣어버리고는 도시락을 싸오지 않았다며 점심을 굶었다. 요즘 수저계급론으로 본다면 나는 흙수저 중의 흙수저였다.

그런데 지금 나는 인터넷 쇼핑몰 10여 개와 1,000평 규모의 매장 2개, 300평 규모의 잉크토너 공장을 가지고 있는, 연 매출 100억 원을 달성하고 있는 기업의 CEO가 되었다.

한겨울 콘크리트 바닥에서 잠을 청해야 했던 청년이 세월이 흘러 직원 70여 명의 생계를 책임져야 하는 자리에 앉아 먹고사는 문제가 아닌 더 큰 기업, 위대한 기업으로 나아가기 위해 고군분투하고 있는 것이다.

나를 이만큼 끌어올린 것은 '땀과 열정'이었다. 돈도 학벌도 배경도 없었다. 오직 맨 몸뚱이 하나로 세상에 뛰어들어 여기까지 온 것이다. 그렇다고 한 번도 내 환경을 탓해 보지도 않았고, 한 번도 안 될 것이라는 생각을 해보지 않았다. 무거운 복사용지를 들고 수많은 계단을 오르내리며 흘린 땀이 지금 나를 있게 한 원천이다.

고학력 실업률이 높아지고 있는 현실을 보면 사회 선배로서 안타까운 마음이 앞선다. 저성장과 사회 구조적 문제도 해결해야 될 과제이지만 한 사람 한 사람을 놓고 보면 개인의 문제이기도 하다. 최인규라는 개인으로서 구직을 앞둔 청년들 한 사람 한 사람에게 말하고 싶다.

"열정이 능력을 이긴다!"

젊다는 것 하나만으로도 큰 능력인데, 거기에 열정을 더하면 못할 일이 무엇이겠는가? 내 삶도 그랬고, 주위 사람들을 봐도 그렇다. 열정이 넘치는 사람을 당할 수 없다.

학창시절 대학을 못 가면 인생의 낙오자처럼 취급 받았다. 요즘도 학생들은 새벽까지 학원을 다니며 좋은 대학을 가기 위해 모든 에너지를 쏟아 붓고 있다. 학생들의 인생 목표가 '대학 진학'에만 머물까 걱정스럽기까지 하다.

목적 없는 대학 진학은 청년들의 눈높이만 높일 뿐이다. 눈높이가 높으면 땀 흘리는 일을 하찮게 생각하고 실패와 도전을 두려워하게 된다. 그러니 청년들은 구직난에 시달리는 반면 중소기업들은 인력난에 시달리는 것이다.

사업계획을 세우면 많이 배웠다는 사람들은 "이건 이래서 안 되고, 저건 저래서 안 된다."며 좌고우면하는 것을 보았다. 하지만 난 된다는 믿음으로 밀어 붙였다. 그들 눈에 나는 무모하고 무식하게 보이겠지만 결국 내가 해내지 않았는가? 많이 배웠다는 사실 자체가 또 하나의 고정관념을 만들 수 있다는 것을 명심하기 바란다.

학창 시절 배워야 할 것은 지식 한 줌이 아니라 긍정적인 사고방식과 실패를 두려워하지 않는 패기, 사람들의 마음을 얻어낼 수 있는 친화력, 원대한 꿈을 상상하는 능력이다.

초등학교 때 내 이름 석 자도 못 쓰는 부진아였지만 두려움 없이 돌진하는 정신력으로 모든 어려움을 헤쳐 나왔기에 이렇게 말할 수 있는 것이다.

내 삶의 이야기가 청년 실업으로 고통 받고 있는 젊은이들에게 꿈과 용기를 줄 수 있다면 더없는 영광이 될 것이다. 흙수저라서 당신의 가능성은 더 크게 열려있다. 바닥을 쳐 본 사람이 바닥을 딛고 도약하는 법, 현재의 난관을 딛고 당당히 일어서길 바란다. 그리고 가장 작은 것부터 최선을 다하라고 말하고 싶다.

일본 사람들이 즐겨 기르는 '코이'라는 비단잉어는 작은 어항에 넣어두면 5~8cm 가량 자라지만, 수족관에 넣어두면 15~25cm, 바다에 던져 기르면 90~120cm까지 자란다고 한다. 집안 배경, 스펙 따위로 자신의 능력을 한계 짓지 마라. 당신은 마음만 먹으면 120cm까지 자랄 수 있는 가능성이 있는 사람이다.

"안 된다고 생각하면 핑곗거리만 보이고 된다고 생각하면 되는 방법이 보인다."

Chief Executive Officer

01

무일푼 노숙자,
매출 100억의
CEO되다

01

왜 노숙자가 되었나?

99년 1월, 겨울 중에서도 한겨울, 나는 길바닥으로 내팽개쳐졌다. 노숙자가 된 것이다. 가족도 친구도 없고, 돈도 한 푼 없이 차가운 겨울 한기를 온몸으로 받아 내야 했다. 정말 처절하게 고독한 순간들이었다. 여름에야 일부러라도 밖에서 자기도 하지만 겨울 노숙은 차원이 다르다. 살을 에는 추위를 겪어보지 않은 사람은 모른다.

한겨울 신문지 한 장에 의지해 잠을 청하는 노숙자를 보면 대부분의 사람들은 신문지 한 장이 뭐 그리 따뜻할까 생각할 것이다. 하지만 노숙을 해 본 사람들은 안다. 신문지 한 장이 지켜주는 체온이 얼마나 따뜻하고 감사한지를.

하루는 밖이 너무 추워서 바람이라도 피할까 싶어 어떤 건물로 들어갔다. 내가 들어가 쉴 만한 곳은 화장실이 유일했다. 화장실 구석에 쭈그리고 앉아 몸을 녹이려고 했는데, 고개를 들어보니 화장실 창문이 깨져 있는 게 아닌가. 깨진 창틈으로 한겨울 냉기가 들어오는데 도저히 거기서 밤을 샐 수는 없을 것 같았다. 그래서 위층 화장실로 갔더니 거기는 문이 굳게 잠겨 있었다. 할 수 없이 2층에서 3층 올라가는 계단 모서리 부분에 쪼그리고 앉았다. 잠을 잔다기보다 한겨울 콘크리트 바닥에서 올라오는 냉기를 온몸으로 대하며 어금니를 꽉 깨물고 버티고 버텨냈다. 겨울밤은 어쩌면 그리도 길고 긴지, 그때 덜덜 떨리는 어금니를 깨물며 생각했다.

"더 이상 이렇게 살 수는 없다."

지금 난 연 매출 백억 기업의 CEO다. 극적인 반전 아닌가?

그럼 난 왜 노숙자가 되어야 했을까?

내가 태어난 곳은 경남 합천이다. 합천에서 부쳐 먹을 땅도 없이 가난하게 살던 중에 하루는 창원에 계신 친척분에게서 연락이 왔단다. 창원에 내려오면 논 스무 마지기, 밭 열 마지기를 소작하게 해 줄 테니 내려오라고. 그래서 아버지는 내가 다섯 살 무렵 창원으로 이사를 하셨다. 창원으로 이사 와서 부모님은 늘 바쁘셨다. 땅 서른 마지기를 두 분이서 농사지으려니 오죽 힘들었을까.

5남 1녀를 두셨지만 삶이 고단하니 자식들을 살뜰히 챙길 수도 없었다. 나는 그 중 넷째 아들이다. 장남도 아니고 막내도 아니니 집안에서 특별히 사랑받을 위치는 아니었다. 그냥 알아서 크는 것이다. 그렇다고 내가 부모님을 원망하거나 섭섭해한 적은 없다. 다들 그렇게 살았으니까 모든 상황을 당연하게 받아들였다.

고등학교를 진학할 무렵에도 인문계 고등학교에 진학할 수 있었지만 인문계 고등학교에 진학하면 대학을 가야 하는데 우리 집 형편으로 대학은 꿈도 못 꾸는 이야기였다. 대학을 못 갈 바에야 공고에 가서 빨리 취직을 해야겠다는 생각을 했다. 구미에 있는 금오공고에 진학했는데, 당시에는 '공업입국'이라 해서 금오공고에 가면 학비며, 책, 가방, 옷 등 생활에 필요한 모든 것들을 국가에서 무상으로 지원해 주었다. 대신 졸업 후 군대 부사관으로 5년 동안 의무복무를 해야 했지만 고등학교를 다닐 수 있게 된 것만으로도 얼마나 다행스럽고 감사했는지 모른다. 부모님은 창원에 계셨고 나는 열일곱의 나이에 혼자 구미로 유학을 떠난 셈이니 어린 나이에 외로움도 컸다.

그러다가 고2 무렵, 우연찮게 교회라는 곳을 가게 되었다. 그 교회는 대구에 있었다. 새 신자가 왔다고 얼마나 잘해주던지 난 그만 그 따뜻한 환대에 열혈 신자가 되어 버렸다. 평소 가족들에게서 느낄 수 없었던 다정다감함, 상냥함에 이끌려 더 종교에 푹 빠지게 된 것 같다.

그때부터 공부는 뒷전이 되었다. 맨 뒷자리에 앉아 수업 시간에 성경을 꺼내 읽었다. 목사가 되겠다는 꿈도 꾸었다. 종교 쪽으로 진로를 정하니 공업계 고등학교 수업은 내게 더 이상 쓸모없는 것이 되었다. 성적은 당연히 뒤에서 몇 등 이런 식이었다.

그때부터 10년 간, 28세까지 나는 종교에 빠져 살았다. 군 복무하면서 모아놓았던 돈과 퇴직금까지 쏟아 부으며 10년간 기독교뿐만 아니라 민족 종교까지 종교라는 종교는 다 쫓아다녔다. 기독교에 입문해서는 장로교부터 시작해 이름만 들으면 다 아는 이단 종파들까지 섭렵하고 다녔다. 유명 이단 종파에서 500~600명의 사람들 앞에서 설교도 하고 성경을 가르치기도 했다. 그때가 27살이었으니 지금 생각해도 정말 대단한 열정이었다. 성경을 알고 싶다는 마음으로 돌아다녔는데, 결국 모든 종파를 전전한 결과가 됐다. 마지막에는 유명 이단 종파 교주와 교리를 포함한 여러 문제점을 놓고 공개토론까지 벌였다. 그 이후 믿었던 환상이 깨어지며 그 종교 단체에서 나오게 됐지만 말이다. 교회를 나올 때 무슨 준비를 했던 것이 아니어서 교회를 이탈하는 순간 세상에 내던져진 것과 마찬가지였다.

종교 생활 10년은 산속 생활이나 다름없었다. 세상 속이지만 가족이나 친구들과 인연을 끊고 살았기 때문이다. 그렇게 10년을 인연을 끊고 살았으니 교회 밖에서 내 한 몸 의지할 데가 없었다. 그렇게 난 노숙자가 되었다.

밤에는 노숙을 하고 낮에는 벼룩시장 같은 데서 구인광고를 보며 직장을 구하러 다녔다. 남들은 사회에 뛰어들어 한창 활동하고 있을 나이에, 나는 10년간이나 종교에 빠져 있었으니 사회 물정도 모르는 데다 일머리도 없는 나를 누가 써주겠는가? 사람을 구하는 곳이면 어디든 찾아가 보았지만 번번이 면접에서 떨어졌다.

할 수 없이 젊다는 것 하나 믿고 막노동을 했다. 한겨울 공사판에서 못도 뽑고, 시멘트도 나르면서 하루하루를 살아갔다. 당시 종교단체에서 함께 나온 지금의 아내인 여자 친구에게 돈을 빌려 대구 심인고등학교 앞에 15만 원 짜리 월세방을 구해 간신히 노숙 신세만은 면하게 되었다. 하지만 여전히 연락할 곳도 없는 암담한 시절이었다. 철저히 혼자가 되었을 때 '나를 지켜줄 사람은 나뿐이구나'를 뼈저리게 느꼈다. 그래서 더 독해질 수밖에 없었던 것 같다.

종교단체에서 나오면서 입고 나온 검은 점퍼가 있었다. 노숙을 할 때 나를 지켜준 옷이라고 보면 된다. 나는 노숙을 하지 않을 때도 그 점퍼를 버리지 못했다. 처음에는 언제 다시 길바닥으로 나앉을지 모른다는 불안감 때문에 입지도 않는 점퍼를 마치 위기를 대비해 비상식량을 비축하듯 간직해 두었다. 사업이 잘 되고 있을 때는 노숙을 하면서 이를 악물고 결심했던 다짐들을 되새기기 위해 버리지 않았다. 거의 10년을 입지도 않는 옷을 간직하며 혹시라도 마음이 해이해질까 나를 다그치고 다그쳐 왔다. 하지만 2010년경에 그 옷은 버리고 없다. 초심을 버린 것이 아니라 지금 나는 그때와 차원이 다른 꿈을 꾸고 있기 때문이다.

노숙은 나에게 꼭 필요했던 삶의 한 과정이었다. 더 멀리 뛰기 위해 한껏 몸을 낮추어야 하고, 실패를 해본 사람이 더 단단한 성공을 이루어 내듯이 가장 밑바닥까지 내려가 봤기 때문에 이만큼 도약할 수 있지 않았을까 생각한다.

02

나는 학습 부진아였다

어린 시절 내 부모님은 늘 바쁘셨다. 가난한 데다 농사일이 바쁘니 지금 엄마들처럼 자식들을 하나하나 챙길 여유가 없었다. 거기다 자식이 여섯이나 되니 그저 끼니나 안 거르고 학교만 잘 다녀도 고맙게 생각하셨다. 쉽게 말하면 '방목형 부모님'이셨던 것이다. 그러니 내가 학교에서 공부를 잘하는지, 선생님 말씀은 잘 듣는지, 교우관계는 어떤지 일일이 간섭하지 않았고, 학교를 다녀보지 않았던 분이라 어떻게 교육해야 하는지도 사실 잘 모르셨다.

초등학교 3학년 때였다. 하루는 아버지가 갑자기 내 이름 석 자를 써보라고 하셨다. 나는 앞이 캄캄했다. 그때까지 난 글자를 몰랐기 때문이다. 내 이름을 못 쓰는 것을 보고 아버지께서 처음으로 회초리를 드셨다. 당신 자신도 배우지 못해 이렇게 살고 있는데 자식까지 3학년이나 되도록 자기 이름 석 자도 못 쓰니 무척 화가 나셨던 것이다. 초등학교 3학년 때까지 기억에 남는 일이 거의 없는데, 그때 아버지께 맞은 기억만은 선명하게 남아 있다.

5학년 때는 나눗셈을 못해 학교에서 선생님께도 많이 맞았다. 나눗셈도 중학교 가서야 알았다. 그렇게 초등학교 때까지 나는 학습 부진아였다.

초등학교 때, 나는 수업 시간에 자리에 앉아는 있지만 아무 생각이 없었다. 무엇보다 공부가 너무 재미없었고, 공부를 왜 하는지도 늘 의문이었다. 기억을 더듬어 보면 공부 시간에 공부는 안 하고 창밖에 날아다니는 각종 이름 모를 새나 나비, 잠자리 등을 쫓은 기억밖에 없다.

"창밖에 새와 나비가 날아다니네."

선생님이 무슨 말씀을 하셨고, 무엇을 배웠는지, 짝꿍이 누구였는지 도무지 생각이 안 난다. 공부를 못해 많이 혼도 나고 했을 텐데도 공부를 해야겠다는 생각이 없었고, 학교생활에 좀처럼 집중을 하지 못했다. 요즘 같으면 나는 ADHD 진단을 받았을 것이다. 그 정도로 산만하고 엉뚱했고, 문제가 많은 아이였다. 집에 가도 식구는 많지만 아무도 공부하라고 다그치는 사람이 없었다. 그러니만날 친구들과 산으로 들로 뛰어다니며 놀았다.

지금 초·중학교 동창들을 만나 물어봐도 그때의 내 모습을 선명하게 기억하지 못한다. 그들이 기억하지 못하는 것은 내가 공부도 못하고 존재감도 없는 조용한 아이였기 때문이다. 마치 딴 세상사는 사람처럼 생각했고, 남들이 하는 대로 따라가지 않는 아이였다.

공부를 하게 된 것은 중학교 무렵이었다. 중학교 때 신문배달을 하면서 고등학교 진학 문제를 고민했는데 그때부터 공부를 했던 것 같다. 한 1년 공부하니까 상위권으로까지 성적이 올랐다. 내가 공부하겠다고 마음먹는 순간부터는 누구보다 열심히 했다. 학교를 마치고 소풍을 뜯어 먹이러 갈 때도 단어장을 가지고 가거나 수학 공식을 써서 다닐 정도였으니까. 그러자 어느 순간 영어도 백점을 맞는 날이 왔고, 중학교 동창들은 그때부터 나를 기억해 주었다.
그래서 나는 기초를 놓치면 공부를 못 따라간다는 말을 잘 믿지 않는다. 기초도 없었던 내가 상위권까지 성적을 올려 보았기 때문에 그렇다. 지금 공부를 못해도 공부를 해야 한다는 깨달음이 생기는 순간 집중력이 생겨 얼마든지 치고 나갈 수 있다고 생각한다.

초등학교 졸업할 때까지 주입식 교육에 물들지 않고 사유롭게 큰 것이 오히려 지금의 나를 있게 한 것은 아닌가도 생각해본다. 나는 생각이 자유롭고 일반화되는 것을 싫어한다. 일반화되는 것은 틀에 갇히는 것이다. 사회는 규정과 규범을 만들어 놓고 그 안에 사람들을 가두려 하고, 사람들도 그 틀 속에 들어가려 한다. 학교도

마찬가지로 학생들을 관리하기 쉽게 규범 속에 가두려고 한다. 나는 이런 것들이 창의력이나 상상력을 방해하는 원인이 아닐까 생각한다.

빌 게이츠나 스티브 잡스, 에디슨 이런 사람들은 틀을 벗어나려 했던 사람들이다. 부모님이나 선생님 말씀대로 순종하는 모범생들이 아니었다. 오히려 그 반대의 경우다.

지금도 나는 관심 분야는 전문가 수준으로 깊이 파고들지만 그 외에는 신경을 안 쓴다. 사람이 다 잘할 수는 없는 것이다. 살아보니 공부 많이 한 사람들이 사회에 나와서 다 성공하는 것도 아니었다. 중요한 것은 기존 틀에 얽매이지 않고 내가 얼마나 독창적인 발상을 하고 그것을 실현해 낼 수 있느냐이다.

나는 사업을 하면서 남들이 시도하지 않았던 일을 많이 했다. 전국 최초로 다 쓴 페잉크, 폐토너 수거사이트www.inktong4989.com를 만든 일, 수거된 폐카트리지로 전국에서 다섯 손가락 안에 드는 규모의 재생잉크, 재생토너 공장을 설립한 일, 잉크·토너, 전산/사무 용품과 공구, 완구, 생활 용품 등 10만여 가지의 제품을 아우르는 동종업계 전국최대의 복합매장과 인터넷쇼핑몰을 만든 일 등 모두 대한민국 최초였다. 쇼핑몰이나 매장 곳곳에도 남다른 나의 아이디어들이 숨어 있다.

사람들이 만들어 놓은 길을 그대로 따라가면 앞 사람 패턴대로 따라가는 것 밖에 안 된다. 기존의 경기 규칙 안에서는 나는 그들을 이길 수 없다. 이기려면 틀을 깨고 경기의 규칙과 방식을 내가 다시 정하면 되는 것이다. 성공하려면 다른 길을 가야 하고, 독창적인 나만의 길을 개척해야 한다.

03

사과만큼 잘하고 수박만큼 칭찬받다

어머니 얘기를 하고 싶다. 어머니는 학교 문턱도 밟아보지 못한 까막눈에 일 밖에 모르는 전형적인 시골 분이셨다. 하지만 사과만큼 잘한 일을 수박만큼 칭찬하는 분이셨다. 그게 내 어머니의 큰 능력이다. 그래서 그런지 지독한 가난 속에서도 나는 가난을 탓하거나 부모를 원망해 본 적이 없다. 오히려 매사 긍정적인 마음가짐으로 많은 악조건들을 극복해 낼 수 있었다.

"칭찬은 고래도 춤추게 한다."는 말이 있다. 세계적 경영컨설턴트 켄 블랜차드의 책 제목으로 더 잘 알려져 있기도 하다. 무시무시한 포식자인 범고래를 훈련시킨 결정적 비법은 바로 칭찬이었고, 사람을 발전시키는 것도 질책보다 칭찬이라는 얘기다. 내 기억으로 '칭찬'의 중요성을 강조하기 시작한 것은 얼마 되지 않은 것 같다. 하지만 우리 어머니는 그 옛날부터 이런 교육관을 몸소 실천하고 계셨던 것이다. 그런 어머니가 있었기에 지금의 내가 있지 않았을까 생각한다.

내가 어렸을 적 살았던 집에는 방이 두 칸밖에 없었다. 거기서 육 남매와 부모님 이렇게 여덟 명이 복닥거리며 살았다. 식구들로 가득한 방에서 무슨 공부를 하겠는가? 공부할 생각도 없었지만 공부할 분위기는 더더욱 아니었다. 그러니 초등학교 시절 나는 공부와 담을 쌓고 살았다. 초등학교 3학년 때까지 내 이름자도 못 쓰는 아이였다면 더 말하지 않아도 알 것이다. 그러다가 중학교를 진학하고 공부에 관심을 갖기 시작해 우리 마을 일곱 명 또래 아이들 중 공부를 제일 잘하게 된 것이다. 어머니는 그것이 무척 기특하셨던 모양이다. 비록 집안 형편은 일곱 명 중 제일 못했지만 공부를 잘하니 부모 된 마음에 얼마나 흐뭇하셨을까?

"네가 이런 없는 집에 태어나서 이만큼 하는 게 어데고? 우리 아들 대단하대이. 너는 장래 크게 될 끼다."

"없이 살아서 뒷받침을 못해주니 그기 미안티. 내가 니 때문에 낮을 들고 산대이."

어머니 의도야 어떻든 그런 말을 들을 때마다 더 잘해야겠다는 생각이 들었다.

우리 아버지는 하루 먹을 양식만 있으면 걱정이 없는 분이셨다.

어떻게 보면 낙천적이고 긍정적이라 할 수 있지만 식구들 입장에서 보면 경제적 능력이 부족하신 분이기도 했다. 당장 땟거리가 떨어져 식구들이 굶게 생겨도 큰 걱정을 안 하셨다. 거기다 술도 좋아하셔서 매일 소주 두세 병은 마셔야 하는 분이었다. 평소 과묵하고 내성적인 분이라 스트레스가 쌓이면 술로 모든 시름을 달래신 것 같다.

생때같은 자식이 여섯이나 딸려 있고, 농사일은 많고, 어머니 입장에서 보면 마음고생 몸 고생이 이만저만이 아니었을 것이다. 그런데도 자식들한테 넋두리는커녕 늘 칭찬으로 키우신 것을 보면 우리 어머니는 정말 대단하신 분이다.

어머니의 칭찬은 거창한 것이 아니었다. 그저 조그마한 것, 사소한 것에도 칭찬하셨다. 밥을 잘 먹으면 "밥을 복스럽게 먹네. 밥을 복스럽게 먹으면 인복이 있다. 니는 장래 인복이 많을 끼다."하셨고, 글씨를 쓰면 "니는 글씨를 참 바르게 쓴다. 마음이 곧아야 글씨도 잘 쓰는 긴데, 니가 마음이 곧으니 글씨를 잘 쓰는 기다." 하셨다.

그저 얼굴만 보고도 "니는 귀가 복스럽게 생겼다.", "코가 잘 생겼다."며 늘 칭찬하시는 분이었다. 잘 먹고 잘 자라 주는 것만도 어머니에게는 큰 칭찬 거리였던 모양이다.

어머니의 그런 작은 칭찬들이 내 인격 형성에 크게 작용했을 것이라는 것은 두말할 필요도 없다. 어린 시절 가난 속에서도 밝게 자랄 수 있었던 힘, 암울했던 10년 종교생활을 박차고 나올 수 있게 한 힘, 노숙 생활을 딛고 일어나 새 삶을 설계할 수 있었던 힘, 그리고 지금까지 긍정적으로 살고 있는 힘, 모두가 바로 우리 어머니의 작은 칭찬에서 비롯됐다고 나는 믿는다.

나는 창원 창덕중학교 32회 동기회장을 맡고 있다. 얼마 전 동기회에 중학교 때 영어를 가르쳤던 최정자 선생님을 모셨다. 최정자 선생님 역시 나에게는 잊히지 않는 분이다. 그분은 시골 아이들에게 영어 단어 하나라도 더 가르쳐 주려고 열정을 쏟았던 분이다. 선생님께 중학교 때의 나를 기억하느냐고 물었더니 선생님은 당연하다는 듯이 내 이름을 부르시며 옛날 기억을 떠올리셨다.

"니 그때 영어 백 점 맞았던 최인규 아이가?"

영어 백 점! 선생님 기억 속에 영어 백 점 맞은 아이로 남아 있어

서 그나마 다행스러웠다. 사실 난 그 전까지 공부와는 거리가 먼 아이였기 때문이다.

중학교 들어갈 무렵, 큰 형이 결혼을 해 형수가 우리 집에 들어오게 되었다. 형수는 내게 손바닥만 한 단어장을 선물로 주었다. 어린 마음에 우리 집에 누군가가, 그것도 예쁜 형수가 들어와 나를 챙겨주는 것이 신기하기도 하고 좋았다. 그런 예쁜 형수가 주는 단어장이니 나는 달달 외울 수밖에. 소를 먹이러 갔을 때나 심심할 때 한 장 한 장 넘겨가며 외웠는데, 그게 영어를 잘 하게 되는 계기가 되었다.

한번은 영어 선생님이 시험을 아주 어렵게 냈다. 시험이 어려우니 당연히 아이들의 영어 점수는 보통 때보다 형편없이 떨어졌고, 아이들은 시험이 어려웠다고 아우성이었다. 그런데 그때 운 좋게도 내가 백 점을 맞은 것이다. 세 학급 180명 중에 백 점을 맞은 사람은 나 혼자뿐이었다. 나도 백 점은 처음이라 아직도 기억에 생생하다.

영어시간에 선생님이 교실에 들어오면 아이들이 시험이 너무 어려웠다고 난리를 쳤다. 그때 최정자 선생님은 우리 반이 아닌 다른 반에서 이렇게 말씀하셨다고 한다.

"야, 이놈들아! 그럼 3반에 최인규는 뭔데? 최인규는 그라마 우째 백 점을 맞았노? 너거는 손발 묶어놨나?" 하셨단다.

우리 반에서 나를 직접적으로 칭찬한 것은 아니지만 다른 반에서 나를 칭찬했다는 소문을 듣고 나는 더 잘해야겠다는 생각이 들었고, 그 이후로도 열심히 공부했던 것 같다. 역시 칭찬은 직접 듣는 것 보다 제3자를 통해서 듣는 것이 효과가 더 큰 것 같다.

이렇듯 어머니나 선생님의 칭찬에 나는 부응하고 싶었다. 칭찬할수록 그에 부응하기 위해 나를 더 발전시키려고 하는 것, 그것이 칭찬의 힘이 아닐까 생각한다.

나에게도 초등학교에 다니는 두 아들이 있다. 어머니의 칭찬, 선생님의 칭찬 한마디가 내 평생의 기억에 선명하게 남겨진 것을 기억하며 나도 아이들에게 칭찬을 아끼지 않는다. 그래서 그런지 우리 아이들은 항상 표정이 밝다. 웃음이 많고 표정이 밝다는 것은 잘 자라고 있다는 것이다. 너무 공부를 강조하며 한계 지어 키우기보다는 밝고 긍정적인 생각을 먼저 심어주는 것이 아이들에게 더 중요한 일이 아닐까 생각한다.

04

나의 첫 사업, 개구리 한 마리 50원!

내 어릴 적 꿈은 사업가였다. 워낙 가난하다 보니 돈을 많이 벌어서 아버지 어머니를 호강시켜 드리고 싶다는 생각을 했다. 부모님이 다투는 경우도 거의가 돈 때문이었으니 돈만 많이 벌면 문제가 다 해결될 것만 같았다. 결론적으로 보면 난 꿈을 이룬 셈이다.

그런데 돌이켜보니 나는 어릴 때부터 사업가 기질이 좀 있었던 것 같다. 친구들과 산으로 들로 쫓아다니며 천둥벌거숭이처럼 자랐지만 돈벌이가 되는 일이면 찾아서 했다. 가난을 원망하기보다 어렸지만 내가 할 수 있는 일이 무엇일까를 늘 생각했다.

초등학교 때, 건강원을 운영하던 이모가 개구리를 잡아오면 마리당 50원을 주겠다고 한 얘기를 들었다. 시골 살림에 용돈 받아서 쓰는 아이가 몇 명이나 될까? 개구리 잡는 일이 어려운 일도 아니고, 논이나 개울가에서 흔하디 흔하게 볼 수 있는 게 개구리니 귀가 솔깃했다. 그길로 곧장 개구리를 잡으러 다녔다. 학교가 끝나면 빨간 양파망 하나 들고 친구들과 개울가나 논으로 개구리를 잡으러 다녔다. 물속에 들어가서 가만히 앉아 있는 개구리를 손쉽게 잡아냈다. 빨간 양파망에는 꽤 많은 개구리가 들어갔다. 그렇게 잡은 개구리를 어머니께 갖다 주면 어머니가 이모에게서 돈을 받아 주었다.

그러다가 한 번은 조회시간에 망신 아닌 망신을 당했다. 개구리를 잡으려고 논에 들어가면 본의 아니게 자라고 있는 모를 밟아 피해를 입히게 된다. 피해를 입은 사람들이 학교로 민원을 넣은 모양이었다. 교장 선생님이 훈화 말씀을 하시다가 "대체 누가 개구리를 잡는다꼬 논을 삐대고짓밟고 다닙니까?" 하시는 것이다. 나는 얼굴이 벌게져서 고개를 들 수 없었다. 공개적 망신을 당하기는 했지만 지금 생각해도 웃음이 난다.

개구리뿐만 아니라 뱀도 잡으러 다녔다. 그 당시 뱀탕집에서 독사 한 마리에 2천 원을 줬으니, 힘들게 개구리 40마리 잡는 것보다 까치독사 한 마리 잡는 게 시간이나 노력 면에서 훨씬 남는 장사였다. 비록 위험하긴 했지만 2천 원을 벌어보겠다고 친구들과 비료포대 들고 산으로 뱀을 잡으러 다녔다. 돈을 받아서는 내 용돈으로도 썼지만 아버지 담배도 사 드리고, 좋아하는 막걸리도 받아 드리며 나름대로 효도도 했다. 그때마다 어머니는 "니가 벌써부터 효도를 하는구나!" 하시며 칭찬하셨다. 그러면 신나서 산으로 들로 더 열심히 뱀을 잡으러 다녔다. 산에 가는 김에 솔방울도 주워 오고, '깔비'라고 하는 마른 솔잎도 모아다 드리면 부모님은 그것으로 땔감도 하고 그랬다.

중학교 때도 집안이 가난하니 딱히 용돈 나올 곳이 없었다. 잘 사는 애들과 어울리려니 용돈이 필요했다. 친구들이 간식 사 먹을 때 같이 사 먹고, 만화방 갈 때 같이 갈 수 있을 정도의 용돈 정도는 있어야 했다. 그때가 한창 사춘기니 친구들이 과자 사먹고 놀러 다니는 것을 보면 얼마나 부럽던지. 집에서 용돈을 줄 형편이 못 된다는 것을 너무도 잘 알기에 집에 가서 용돈 달라고 떼를 쓰거나 그러지는 못했다. 가난 때문에 일찍 철이 들었던 것 같다.

그래서 수업이 끝나면 신문을 돌려 용돈을 벌어 썼다. 쇠도 씹어 먹을 나이니 힘든 줄도 모르고 열심히 뛰어 다녔다. 그런 것을 보면 난 생활력이 무척 강했던 아이였다. 일을 하면 대가가 주어지고, 일한 만큼의 대가를 받는다는 것이 나에게 큰 즐거움을 안겨 주었다. 그런 데서 나의 경제관념이 형성되지 않았을까 생각한다.

Ardor

02

열정이
능력을
이긴다

01

내 인생의 신대륙, 복사용지 사업

　밤에는 노숙을 하고 낮에는 일자리를 찾아 고독하게 방황할 때였다. 인연이란 참 신기하다. 종교단체에서 나한테 성경을 배웠던 사람을 만나게 되었다. 그것도 운명이라고 해야겠다. 그 사람이 복사용지 사업이 돈이 되니 해보라고 귀띔을 해 주었다. 프린터가 막 보급되기 시작해 사무실에서는 복사용지를 많이 썼는데, 그때는 전자결재가 활성화되기 전이라 복사용지 수요가 엄청나게 많은 때였고 세무사 사무실에 세금 계산서 등 세무 관련 자료를 직접 출력해서 갖다 줄 때였다. 복사용지는 소모품이라 주기적으로 재구매가 돌아오니 돈이 된다는 얘기였다. 그 말을 듣는 순간 딴 생각은 할 겨를이 없었다. 돈이 되는 일이라면 무엇이든지 해야 하는 상황이니 물불 가리고 있을 처지가 아니었다. 나는 그 사람에게 복사용지를 어디서 받아야 하고 어떻게 장사를 해야 하는지 조언을 구했다.

당시 난 아는 사람을 통해 암웨이의 사업 방식에 대해 들어서 좀 알고 있었다. 암웨이와 같은 네트워크 마케팅은 제조사에서 총판, 대리점, 도매상, 소매상의 유통경로로 이어지면서 부풀려지는 가격의 중간 과정을 없애고 제조사에서 바로 소비자에게 저렴한 가격으로 전달되는 유통방식의 중의 하나이다. 거기서 무점포 사업을 생각해냈다. 재고를 가지고 있지 않아도 주문이 들어오면 바로 도매상에서 물건을 받아 소비자에게 직접 배달하고 중간 마진을 챙기는 것이다. 그때는 수중에 돈이 없으니 가게를 낼 엄두도 못 냈고, 그렇다면 차를 한 대 마련해 내가 제조사와 소비자 중간자 역할을 하면 되겠구나 하는 생각이 들었다.

그렇게 계획은 세웠지만 돈 한 푼이 없으니 막막했다. 그때 떠오르는 사람이 있었는데, 당시 종교단체에서 같이 있다가 나온 지금의 아내였다. 아내는 종교단체에서 만났는데, 이단교회와 교리에 회의를 느껴 나와 함께 교회를 나온 유일한 사람이었다. 그러니 선택의 여지는 없었다.

나는 모든 것을 버리고 전심으로 종교생활을 했지만 당시 아내는 직장을 다니며 돈을 좀 모아 놓은 상태였다. 돈을 빌려 주지는 못할망정 빌려야 한다는 생각에 남자로서 자존심이 상할 법도 했지만 난 자신이 있었기 때문에 당당하게 말했다. 내 장점은 두려움이 없는 것이다. 하면 할 수 있겠다는 자신감이 늘 있었다. 그랬기 때문에 내 모든 것을 올인할 수 있었던 것 같다.

나는 아내에게 이렇게 말했다.

"내가 돈이 필요한데, 네가 빌려 줄 수도 있고, 다른 사람이 빌려줄 수도 있어. 하지만 내가 나중에 성공할 텐데, 네가 만약 빌려준다면 그때 가서 네가 얼마나 흐뭇하겠나? 너한테 기회를 줄게. 네가 안 빌려 줘도 나는 분명 갈 데가 있어! 나는 성공한 투자자의 기회를 너한테 제일 먼저 주고 싶은 거지."

하하하! 지금 생각해도 웃음이 난다. 당시 아내는 내가 하도 당당해서 돈을 안 빌려주면 손해를 볼 것 같은 착각이 들 정도였다고 했다. 그래서 아내는 다른 사람에게 돈 빌리지 말고 자기한테 빌려가라고 흔쾌히 대답했다.

그래서 나는 또 이렇게 말했다.

"너는 분명 나중에 이자를 많이 받아서 굉장히 기분이 좋을 거야."라고.

그렇게 50만 원을 빌렸다. 50만 원을 빌려 15만 원으로 대구 심인고등학교 앞에 월세방을 얻고 막노동을 하며 아내에게 빌린 돈을 매일매일 일수를 찍으며 갚아 나갔다. 그런데 50만 원을 다 갚지도 못하고 아내에게 200만 원을 더 빌려야 했다. 물건을 싣고 다닐 차와 광고지를 만들 컴퓨터와 프린터기가 필요했기 때문이다.

200만 원을 더 빌려서 다마스를 할부로 구입하고 컴퓨터와 프린터기도 샀다. 곧 다마스는 나의 이동 점포가 되었다. 다른 곳보다 싼 가격으로 복사용지를 공급한다는 전단지를 만들어 사무실마다 돌렸다. 처음 영업할 때는 밥 먹는 시간을 빼놓고는 종일 전단지만 돌렸는데, 하루에 백 군데도 넘게 돌렸을 것이다. 무점포 사업의 시작은 이랬다.

발이 부르트도록 뛰어다닌 결과 여기저기서 전화가 오기 시작하면서 거래처가 늘어나자 나는 다마스 안에 앵글로 진열장을 만들어 넣었다. 좁은 공간이지만 하루 장사에 필요한 복사용지가 들어갈 공간이 나왔다. 하루 판매할 분량을 정해서 복사용지 몇 박스, 팩스 용지 몇 박스, 전산용지 몇 박스 이렇게 세어 채워 넣고는 주문과 동시에 배달한다는 원칙으로 장사를 나갔다. 거래처들은 빠른 배달에 놀랐다. 돌아다니는 점포였기 때문에 가능한 일이었다.

한번은 배달 가는 도중에 주문 전화가 왔다. 위치를 보니 배달 가는 중간 지점이었다. 전화를 받자마자 5분도 안되어 도착하니 사무실에서는 주문한 지 5분도 안 돼 배달이 되었다며 놀라워했다. 무점포의 장점은 바로 이런 것이었다. 그러니 고객은 자연스럽게 늘어갔다.

가격 면에서도 경쟁력이 있었다. '세원상사'라는 도매상에서 복사용지를 떼어다가 팔았는데, 세원상사 사장님이 복사용지를 싸게 공급해 준 면도 있지만 판매할 때 다른 업체와 달리 주문량이 늘면 늘수록 공급가격을 할인해 주는 전략을 썼다. 다른 업체들은 한 박스에 얼마 이런 식으로 가격을 정해놓고 많이 주문해도 그 가격대로 다 받았지만, 나는 한 박스 주문하면 2만원, 두 박스 주문하면 박스 당 1만 9천 원, 3박스 주문하면 박스 당 1만 8천5백 원 이런 식으로 가격을 낮춰 받았다. 가격표는 컴퓨터로 출력해 배달을 다니면서 틈틈이 사무실마다 돌렸다. 가격이 싸고 배송이 빠르니 고객은 늘어갈 수 밖에.

02

나 자신에게 보고하고 보고받다

1999년 2월 3일부터 나의 업무 일지는 시작된다. 사업 첫날부터 회사에서 하는 방식 그대로 업무 일지를 써 나갔다. 나는 사장이자 경리이며 배달원이었다. 내가 기록해 나한테 보고하고 내가 싸인했다. 첫 거래는 2월 4일 이루어졌다.

"총 매출 165,000원, 순이익 43,300원, 총 매입 121,300원!"

나는 요즘도 이 업무 일지를 들추어 본다. 그때 열정 가득했던 기억이 새록새록 떠오른다.

하루도 빠짐없이 매입 매출 기록을 적었고, 매달 말일에는 월말 결산을 했다. 그렇게 2006년 인터넷 쇼핑몰을 운영하기 전까지 꾸준히 기록한 것이 6권이다. 거기에다 미수금 관리 대장들과 거래처, 입금자 명단을 적어 놓은 기록물까지 하나도 버리지 않고 보관 중이다.

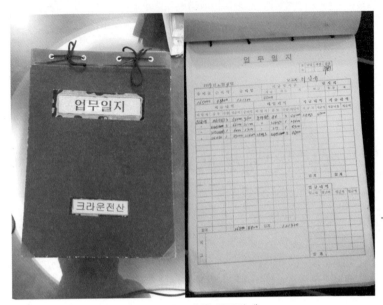

〈최인규 대표의 첫 업무일지〉

처음 '크라운 전산'이라고 상호를 정한 것은 이 업계의 왕이 되어 보겠다는 야심의 표현이었다. 이 분야의 으뜸이 되어 왕관을 쓰겠다는 꿈은 단지 말로 끝나는 구호가 아니었다. 나는 그만큼 절실했고, 해낼 수 있다는 자신감으로 가득했다.

이렇게 일지를 하루하루 적어 나간 것도, 큰 회사로 성장시키겠다는 꿈을 꾸며 기록해 나간 것이다. 그리고 기록을 하지 않으면 일, 월, 년, 계절 별 매출을 제대로 알 수 없어 다음 년도 영업계획을 세우는 데도 어려움이 따른다. 매일의 기록은 자기반성이자 내 현재 위치의 점검이기도 하다. 현재 위치를 알아야 내가 나아갈 방향도 정할 수 있기 때문에 하루도 빠지지 않고 직접 업무일지를 기록한 것이다. 현재는 모두 전산 처리 되어 클릭만 하면 다 되는 세상이니 격세지감을 느낀다.

배달은 2006년에 마무리지었다. 2006년부터는 인터넷 쇼핑몰을 시작했다. 쇼핑몰 시작 6개월 만에 잉크토너 동종업계 전국 1위를 달성하고, 현재는 1천 평 규모 복합 매장 2곳과 3백 평 규모의 토너 공장, 연 매출 100억의 기록을 달성했다. 현재 나는 1등을 함으로써 처음에 꿈꾸었던 왕관을 쓴 셈이다. 인생은 말하는 대로 된다. 내가 처음 업무 일지를 쓰면서 다짐했던 결심이 이렇게 이루어진 것을 보면 "네 믿음대로 될 지어다." 라는 성경 말씀이 틀린 말이 아닌 것 같다.

나는 가끔씩 이 일지들을 보면서 첫 마음을 떠올린다. 개구리 올챙이 시절 생각 못한다는 속담이 있듯이 성공하면 대부분 교만해지기 마련이다. 자기가 잘나고 똑똑해서 성공한 줄 착각한다. 먹고 살 만해져 예전의 고마움과 감사함을 잊는다면 그때부터 다시 내리막길을 걷게 될 수도 있다. 그러니 이런 기록들을 보면서 교만해질 수 있는 마음을 다잡는 것이다.

일지를 넘기면 하루 순수익 1만 원, 2만 원도 보이고, 더운 여름 땀에 절어서 배달 일을 다녔던 내 모습도 보인다. 그날 벌어 아내한테 일수 갚듯이 돈을 갚아 나간 일들과, 매출이 너무 많아서 일지

가득 빼곡히 적힌 것을 보고는 좋아서 어쩔 줄 몰라 했던 모습하며, 하루 일과를 끝내며 일지를 보고 그날 장사를 분석했던 일들도 주마등처럼 지나간다.

"내가 이런 때가 있었구나."

남들은 나를 성공한 사람이라고 말들 하지만 샴페인을 터뜨리기엔 너무 이르다. 아직 내가 해야 할 일들이 많이 남았기에 겸손한 자세로 뒤를 돌아볼 수밖에 없다.

중국의 3대 대전 중에 비수대전이라는 전쟁이 있었다. 화북을 통일하며 승승장구하던 전진의 왕 부견이 동진을 치려했지만 이길 줄 알았던 전쟁에서 패배하고 만다. 100만 군사로 8만의 동진에 패배한 원인 중 하나가 바로 '교만'이라는 분석이 있다. 너무 많이 승리해서 교만해졌기 때문에 전쟁을 반대한 신하들과 가족들의 말도 들리지 않았고, 전쟁으로 피폐해진 백성들도 눈에 들어오지 않았던 것이다. 잘나갈 때일수록 자중하고 겸손해져야 한다.

성경 잠언 말씀 중에도 '교만은 패망의 선봉이요, 거만한 마음은 넘어짐의 앞잡이니라'라는 말이 있다. 이 말을 되새기며, 늘 낮은 자세로 최선을 다하고 싶다.

03

2분으로 책 한 권을 읽다

고등학교를 졸업했지만 내 학력은 공고 1년이 전부라고 봐야 한
다. 고 2때부터는 종교에 빠져 맨 뒷자리에서 성경만 읽었으니까.
하지만 막상 사업을 시작하고 일이 커지자 알아야 할 것들이 많다
는 것을 깨달았다. 2006년까지 혼자 배달을 다녔는데, 배달 다니면
서 길에서 허비하는 시간도 아까웠다. 분명 때가 되면 거래처가 늘
고 결국 직원들을 두어야 할 텐데, 미리 사람 관리나 회사 운영 방
법을 알아 두어야 할 것 같았다. 그래서 길에서 버리는 시간 동안
책을 읽기로 마음먹었다. 나는 한 번 마음먹으면 해내고야 마는 성
격이다. 다마스 한 대를 끌고 대구시를 온종일 누비면서도 일주일
에 책 한 권씩은 꼭 읽었다.

하루 종일 배달을 다니다 보면 사실 책 읽을 시간은 없다고 봐야
한다. 일반 사무실 전화를 개설해서 내 휴대전화로 착신 시켜 놓으

면 하루 종일 여기저기서 배달 전화가 걸려왔다. 스무 군데 서른 군데 배달도 하고 영업도 하려면 하루가 부족할 때도 있었다. 밥 먹는 시간도 아까울 정도인데 어떻게 한가롭게 책을 읽고 있겠는가?

하지만 마음먹기에 따라 시간은 얼마든지 만들 수 있다. 나는 책을 조수석에다 놓고 다니며 신호 받는 시간을 이용해 책을 읽었다. 신호에 걸리면 읽고 신호가 바뀌면 책을 편 채로 조수석에 엎어 놨다가 다음 신호 때 읽는 것이다. 짧은 시간 동안 집중력 있게 읽어야 하니 짧은 글이 잘 읽혔다. 그 때문인지 나는 지금도 한 제목에 짧게 읽히는 책을 더 선호한다. 읽겠다고 마음먹는 순간 집중력도 더 생겼다. 2, 3분간 읽어서 얼마나 읽겠나 하겠지만 그 2, 3분의 시간으로 나는 일주일에 책 한 권을 읽어냈다. 신호 대기 시간이 2분이라고 가정을 해보면 신호를 10번 받으면 20분이고 50번 받으면 100분이다. 100분이면 1시간 40분이다. 하루 종일 배달을 다니니 이쯤 되면 내가 무슨 말을 하는지 다 알 것이다. 전체를 다 못 읽으면 집에 와서 마저 읽는 방법으로 독서를 했는데, 그러다 보니 1년에 50여 권의 책을 읽게 되었다.

책 사러 가는 시간도 아까워 서점에 한 번 가면 열 권 스무 권을 한꺼번에 샀다. 그렇게 책을 사 놓고 배달을 다니며 한 권 한 권 읽어 냈다. 지금도 내 서재에는 책이 많다. 모두 그때 틈틈이 읽었던 책들이다.

책을 읽고 거기서 끝나면 지식 하나 늘어나는 것으로 끝난다. 『성공하는 사람들의 7가지 습관』, 『부자아빠 가난한 아빠』, 『돈』 같은 자기계발서나 성공 서적들을 주로 많이 읽었는데, 나는 책에서 배운 데로 행동에 옮겼다. 실천할 때 그 지식이 내 것이 되는 것이라고 생각했기 때문이다. 오죽하면 옆에서 지켜보는 아내가 "교과서 같다"며 질릴 정도였으니 나는 그런 면에서는 매우 철저했다.

책을 읽다가 신호가 끝나면 바로 테이프를 틀었다. 배송 길에 들었던 테이프는 주로 자기 계발 관련 강의나 법륜 스님의 금강경, 반야심경, 즉문즉설 테이프였다. 팔공산에 아내랑 나들이를 갔다가 어떤 신도분이 책 한 권을 권해 주었는데, 그 책이 법륜 스님이 쓴 책이었다. 그때 법륜 스님의 말씀에 매료되어 법륜 스님의 테이프를 샀는데, 스님의 말씀은 배달을 다니는 나의 말벗이 되었고, 내 인생의 길벗이 되어 주었다. 테이프를 얼마나 들었으면 테이프가 늘어질 정도였다. 법륜 스님의 말씀을 들으며 '중도'가 무엇인지, 그 사람 입장에서 보면 그럴 수도 있겠구나 하는, 사람을 이해하는 방법을 배웠다.

내가 종교에 끌리는 이유는 정신세계에 관심이 많기 때문이다. 기독교에서 10년을 몸담았지만 기독교에서 나와 불교에 관심을 갖고부터는 불교도 3년간 공부를 했다. 2001년 결혼 후에는 낮에 배달을 다니고 밤에는 아내와 같이 불교 명상 센터를 다니며 기수련이나 불교 강의를 들으며 공부를 했던 것이다. 그것도 처음에는 시간 활용 차원에서 시작을 했다. 교회 다닐 때는 저녁 시간에 늘 무언가를 했는데, 퇴근 후 집에 오면 시간이 남는 것이다. 그때는 아이도 없었을 때이니 아내와 함께 정신도 단련하고 기수련을 통해 몸 건강도 챙기자는 생각으로 시작했다. 한두 시간 정도 수련하고 강의 들으며 낮 동안 지친 몸과 마음을 단련했다. 퇴근 후 늘어져 쉴 법도 했지만 그때 난 배우고 싶은 열정으로 가득했다.

점심을 먹는 시간조차 아까웠다. 모든 것을 혼자 해야 하니 밥 먹을 시간이 부족했다는 말이 정확한 말이다. 나는 라면을 좋아하는데, 주문 동선이 겹치는 분식집에 미리 전화를 해 라면을 끓여 놓으라고 부탁했다. 차가 막혀 늦게 도착하면 분식집 아주머니는 라면이 불었다고 어쩔 줄 몰라 했지만 나는 오히려 더 좋았다. 적당히 식은 데다 팅팅 불어 있어서 씹지 않아도 술술 넘어 갔기 때문이다. 라면이 뜨거울 때는 찬물을 부어 차게 해서는 후루룩 마시듯이 라면을 먹었다. 그때는 김치 한 조각 씹을 여유마저 없었다.

아침 8시가 되면 무조건 집에서 나와 퇴근 시간까지 잠시의 시간 낭비도 허락하지 않았다. 지금 생각하면 정말 열심히 살았던 시절이다. 네다섯 시간 자고 하루 온종일 배달을 돌면 스트레스가 쌓일 법했지만 피곤한 줄도 몰랐다. 그만큼 난 내 일에 열중해 있었고, 하루하루가 기대로 가득 차 있었다.

물 반 잔을 보고 어떤 사람은 '물이 반이나 남았네' 하고, 어떤 사람은 '반밖에 안 남았네' 한다. 똑같은 것을 보고도 사람들의 생각에 따라 다르게 보이는 것이다. 당시 내 상황은 업무 강도가 높아 과로로 쓰러지지 않으면 다행일 정도였지만 난 한 번도 힘들다고 생각하지 않았다. 노숙을 경험했던 만큼 그때의 힘듦은 오히려 기쁨이었고 감사함이었다.

04

정(情)으로 고객의 마음을 사로잡다

사무실에서 복사용지나 잉크토너를 직접 주문하는 사람들은 대부분 여성인 경리들이다. 나는 무엇보다 그들과 친해지려고 노력했다. 내 물건들을 계속 사주니까 너무 고마워서 처음엔 어떻게 마음을 표현할까 고민했다. 그때는 또 거래처를 한 군데라도 더 뚫기 위해 동분서주 뛰어다닐 때이기도 했다. 그래서 생각해 낸 것이 간식거리를 사다 주는 일이었다.

혼자 배달을 다닐 때는 배달 동선이 나오면 동선에 있는 거래처들을 분석해 떡볶이며 순대, 만두 이런 여자들이 좋아하는 간식거리들을 거래처 수만큼 주문했다. 배달을 다니면서 거래처에 잠깐씩 들러 간식들을 넣어 주는 것이다. 오전 11시쯤이나 오후 3~4시쯤에 가면 때마침 출출하던 터라 반기지 않을 수 없다.

간식을 줄 때도 부담스러워 하지 않게 갑자기 생각나서 들렀다며 격의 없이 대했다. 그러면 대부분 아가씨들이었던 경리들은 감동한다. 가격 문제를 떠나서 그냥 그 자체가 감동인 것이다. 그들이 기뻐해주면 주는 나도 덩달아 기분이 좋았다.

여름 복날에는 수박을 돌렸다. 거래가 많은 곳을 위주로 돌렸는데, 내가 직접 배달해 줄 때도 많았지만 직접 가지 못할 때는 퀵 서비스를 이용해 수박을 돌렸다. 그리고 나는 전화만 하는 것이다.

"많이 더우시죠? 퀵으로 수박 하나 보냈으니까 같이 드시고 일하세요."

그러면 대부분의 사람들은 나를 기억하고 고마워해준다. 감동을 주는 거다. 그렇게 하니까 한 군데서 열 군데 이상씩 소개를 시켜주는 것이다. 소개 시킨 곳에서 또 소개를 시켜주고 이런 식으로 거래처가 계속 늘어났다. 나중에는 영업을 뛰지 않고 있는 거래처만 관리해도 될 정도가 되었다.

거래처와 거래를 시작해서는 특별한 경우를 제외 하고는 한 군데도 끊어진 적이 없었다. 나는 고마우니까 계속 마음을 표현할 수밖에 없었고, 그들은 그런 나를 좋게 생각해 주는 것이다.

어떤 관계든지 이해관계로 얽히면 이해관계가 끊어지는 순간 그 관계는 끝나게 되어 있다. 국회의원이 되면 여기저기서 사람들이 몰려와 머리 조아리며 친한 척 하지만 국회의원 떨어지면 언제 그랬냐는 듯 아무도 찾아오지 않는다. 그건 이해관계로 맺어졌기 때문에 그렇다. 하지만 정으로 맺어진 관계는 쉽게 끊어지지 않는다.

정으로 엮이면 모든 것을 다 해줄 수 있게 된다. 내가 수시로 거래
처에 마음을 표현하면서 정을 쌓았기에 아직도 연락하면서 도움을
주고받는 것이다.

인터넷 쇼핑몰을 할 때도 주문이 들어오면 얼마나 고맙던지 그
고마움을 어떻게 전할까 고민했다. 인터넷 쇼핑몰 고객도 어찌 보
면 대부분이 여성 고객이다. 그래서 생각한 것이 감사의 마음을 담

은 간단한 손편지와 빼빼로나 건빵, 사탕 이런 것들을 넣어 주는 것이었다. 과자를 사서 일일이 포장해서 넣어 주었다. 고객이 기뻐할 것을 생각하면 그런 수고는 아무것도 아니었다. 처음에는 반응이 폭발적이었다. 고객 감동은 그런 작은 것에서부터 시작되는 것이다. 주문도 꾸준하게 이어졌다.

그러나 주문 건수가 500~600건이 넘어가자 다 넣어 줄 수가 없는 상황이 되었다. 사탕이나 과자를 넣는 것도 일이니까 너무 바빠서 신경을 쓰지 못한 것이다. 하지만 그 대신 이제는 최고의 품질과 최저의 가격, 정직한 서비스로 고객 만족을 위해 애쓰고 있다. 고객에 대한 감사함은 아직도 변함이 없다.

서비스는 대단한 것이 아니다. 고객의 입장에서 생각하면 보인다. 가령 리필이 되는 커피숍에 갔을 경우를 생각해보라. 고객이 컵을 들고 리필해달라고 할 때 리필해주면 고객만족은 덜하다. 고객이 일어서기 전에 먼저 빈 잔을 보고 '리필해 드릴까요?' 하면 된다. 그러면 고객은 감동한다. 고객은 그렇게 생각지도 못한 데서 감동하기 마련이다. 서비스도 작은 것, 사소한 것부터 최선을 다해야 한다.

05

거래처에 드러눕다

사업에서 가장 중요한 것은 고객이건 거래처건 간에 서로 '신용'을 지키는 것이다. 내가 이렇게 성공할 수 있었던 이유 중의 하나도 바로 '신용'을 철저하게 지켰기 때문이다. 나는 아무리 적은 액수라도 매입처의 돈을 떼어 먹은 적이 없다. 돈을 주기로 약속하면 빚을 내서라도 정해진 결제 날짜는 꼭 지켰다. 직원들 월급도 마찬가지로 늘 당겨서 주면 주었지 월급날을 지나쳐 본 적이 없다. 그래서 이 업계에서 나는 신용도가 매우 높은 사람으로 통한다. 그렇기에 싸고 좋은 물건이 있으면 서로 공급해 주려는 것도 다 신용 때문이다.

그렇게 신용을 중요시하는 내게 도저히 이해가 안 되는 일이 있었다. 우리 두 부부가 가게를 운영할 때였다. 우리 물건을 가져다 쓴 식품도매업을 하는 ○○식품이 2년 가까이 우리 물건을 받아쓰고는 이런저런 핑계를 대면서 결제를 해주지 않는 것이다. 미수금이 점점 커져서 몇 백까지 이르자 나는 도저히 참을 수 없었다. 돈을 받으러 가면 사장은 늘 나를 피해 도망 다녔고, 전화를 하면 경리가 이러저러한 핑계를 대며 사장과 대면시켜 주지 않았다.

거래를 끊으려니 거래를 끊으면 그동안 못 받은 돈을 떼이게 될까 봐 계속 끌려 다니듯 거래를 이어갔다. 그러니 나중에는 괘씸해서 더는 참지 못할 정도가 되었다. 꼭 받아야겠다는 오기 같은 것이 올라왔다. 물건도 싸게 공급하면서 좋은 마음으로 거래를 유지해 왔는데, 이렇게 비상식적으로 나오면 나도 비상식적으로 나가는 수밖에 없었다.

당시 ○○식품에서 운영하는 식당이 하나 있었는데 손님이 많은 점심시간에 그 식당 입구에 가서 담요를 바닥에 깔고 아예 드러누워 버렸다. 일부러 직원들과 식당 손님들이 다 들으라고 크게 소리를 질렀다.

"사장 오라 캐라. 물건을 썼으면 돈을 줘야지 2년이 넘도록 돈을 안 주고 와 자꾸 도망을 다니노? 돈 못 받으면 한 발짝도 움직이지 않을 테니 사장한테 연락해라."

일하는 직원이 안절부절못해도 나는 꿈쩍도 안 했다.

식당 손님들도 무슨 영문인가 싶어 시선이 모두 내게 집중되었다. 쉽게 돈 줄 것이라고 생각하고 간 것이 아니기 때문에 사장이 올 때까지 버텨볼 작정이었다.

"나 오늘 한가하니까 사장 올 때까지 기다린다."

그렇게 완강히 버티니까 오히려 직원이 계속 사장에게 전화해서 돈을 주라고 간청했다. 한참을 그러다가 결국은 못 이기겠는지 사장이 나타났다. 나는 당연히 미수금을 일시불로 모두 받고는 "당신 같은 사람한테는 물건 팔기 싫으니까 다시는 주문하지 말라" 하고 거래를 끊어 버렸다. 10년 묵은 체증이 내려가는 것 같았다.

신뢰를 헌신짝 버리듯 쉽게 생각하면 오래 사업 못한다. 인연이라는 것이 어디서 어떻게 얽힐지 모른다. 이런 식으로 장사하면 어떤 사람이 거래를 하겠는가. 금전 거래에 있어서 철저하게 신용을 지키라고 조언하고 싶다.

06

깡패와 싸우다

제일 처음 봉덕동에서 가게를 시작했을 때의 일이다. 가게 앞에는 늘 손님들이 차를 댈 수 있도록 차 한두 대 만큼의 주차 공간을 비워 놓아야 했다. 대부분의 주위 사무실 사람들은 가게 바로 앞에 차를 대지 않았다. 상식적으로 봐도 손님이 드나드는 입구 앞에 차를 대는 것은 장사에 방해되는 일이라는 것을 잘 알기 때문이다.

그런데 어느 날부터 어떤 남성이 정문 바로 앞에 너무도 당당히 차를 대고는 몇 시간이 지나도록 나타나지 않는 것이었다. 입구를 막아 버리면 장사하는 데 방해가 되니 다른 곳에 주차해 달라고 웃는 얼굴로 몇 번을 양해를 구했지만 들은 척 만 척이었다. 그런 일이 반복되니 불의를 보면 참지 못하는 내 성격에 가만있을 수 없었다. 그래서 어느 날은 작심을 하고 "차를 대지 마라" 하고 소리 질렀다. 당시 내 감정이 상당히 격앙되어 있었을 것이다. 그런데 그 남성은 알고 보니 근처 일수 사무실 조직원이었다. 소위 말하는 동네 깡패인 거다.

나는 차를 빼라고 하고, 그 남성은 삐딱하게 서서 버티고 있는데, 마침 다른 남성이 지나가자 그 깡패는 "형님 지나가십시오." 하며 90도 인사를 했다. 나름 자신이 조직이 있는 놈이라고 과시한 것이다. 그러자 지나가던 남성이 "동네 시끄럽게 하지 마라" 하며 제 갈 길을 갔다. 그렇다고 기죽을 내가 아니다. 나는 더 크게 차를 빼라고 소리쳤다. 그러자 이 깡패가 다짜고짜 나의 멱살을 집더니 "너 오늘 죽어 볼래?" 하며 구석으로 끌고 가서는 팔목으로 나의 목을 누르고 강한 눈빛으로 나를 제압하려 들었다. 그런다고 겁먹을 줄 알았다면 오산이다. 나는 부당한 대우는 못 참는 성격이라 다 들으라고 더 소리를 질렀다.

"때리 봐라!"

그런 사람들이 노리는 것은 겁을 주는 것이다. 거기에 맞춰 겁을 먹으면 지는 것이다. 나는 비굴해지기 싫었다. 오늘 이 문제를 해결하지 않으면 이놈들에게 언제까지나 비굴하게 굴어야 한다. 맞는 게 뭐 그리 대수라고, 이런 깡다구가 없으면 장사를 못한다.

나는 일부러 주위 사람들이 다 쳐다보게 계속 소리를 질렀다. 사람들이 쳐다보면 그 사람들이 증인이 되어 줄 것이기 때문에 이 사람이 막 대하지는 못할 것이라는 생각에서였다.

"안경 쓴 사람 때리면 살인미수 되는 거 알재? 요새 장사도 안 돼 먹고 살기 힘든데 병원에 드러누워서 돈 한번 벌어보자. 한번 쳐 봐라!"

오히려 내가 강하게 나오자 그 깡패는 때리려고 하는 시늉만 할 뿐 나를 때리지 못했다.

"니 이번이 처음 아니지? 이번에 들어가면 가중처벌 되는 거 아나?"

그런 사람들 중에는 대개 전과자가 많아서 마치 법을 많이 아는 사람처럼 말하면

도리어 무서워하는 것을 알았다. 그 깡패는 겁만 주려 했을 것이다. 그런데 내가 끝까지 덤비며 기가 안 죽으니까 결국은 못 때리고 혼자 씩씩거리며 가버렸다. 그 뒤로는 더 이상 차를 대지 않았다. 오히려 그 뒤로는 서로 인사하며 지내는 사이가 되었다.

07

니가 가라 슈퍼에

아내는 매장에서 장사를 하고 나는 배달 일을 다니며 수입이 점점 늘어날 때였다. 나는 하루 종일 서른 군데 이상 배달과 영업을 다녀야 했고, 아내는 매장에서 판매, 재고정리는 물론 잉크충전도 함께 해야 했다. 당시에는 아이도 없었다. 아이가 생기지 않아서가 아니라 일이 너무 많아서 아이를 낳을 엄두를 못 내고 있었다. 그 정도로 바쁜 하루하루를 보내고 있었다.

아침부터 서른 군데 넘게 배달을 다니다 보면 땀은 범벅이 되고 아침에 깨끗하게 갈아입고 갔던 옷은 추레하니 행색이 말이 아니었다. 여름이면 온몸에서 쉰내가 날 정도였으니 퇴근 시간이 되면 어떤 모습인지 상상이 갈 것이다.

아내는 아내대로 잉크충전하느라 옷 여기저기 잉크방울이 튀어 있고, 손이며 손톱이 새까맣게 변해 누구 앞에 손을 내밀기조차 민망한 꼴이 되었다. 손에 잉크가 묻은 줄도 모르고 얼굴을 만지거나 땀을 닦으면 얼굴 여기저기에도 시꺼먼 자국이 남아 모르는 사람들은 '저 여자가 무슨 일을 하는 사람인가?' 할 정도였다.

늦은 밤까지 일을 하고 차에 오르는 우리 부부의 모습은 마치 험한 일용직 일을 마치고 돌아가는 사람들 같았다. 빵빵한 지갑만 빼면 말이다. 그날 매출을 가게에 둘 수 없어 매일 돈다발을 들고 퇴근을 했는데, 그 때문에 퇴근길 지갑만은 여느 갑부 부럽지 않을 정도였다.

고단한 일과를 마치면 밤 10시, 시원한 맥주 한 잔이 간질해진다. 슈퍼에 들러 맥주 한 병이라도 사서 가려고 슈퍼 앞에 차를 세우고는 우리 부부는 늘 서로 가서 사오라며 등을 떠민다.

슈퍼에 가려고 룸미러를 보면 얼굴에는 피로감이 가득하고 옷은 땀에 절었으며, 머리카락은 헝클어져 있다. 그때야 비로소 내 모습을 제대로 보는 것이다. 평소 깔끔한 성격이라 그런 모습으로 슈퍼에 들어갔다가는 오해받을 것 같기도 하고 귀찮기도 해서 아내에게 사오라고 시킨다. 아내도 마찬가지다. 손톱 밑은 새까맣고, 얼굴에도 거뭇거뭇 잉크가 묻어 있으니 선뜻 슈퍼에 가기가 꺼려졌던 모양이다.

어쨌든 누군가 내려 슈퍼에 들어가면 남루한 사람들이 지갑은 어찌나 두꺼운지 오히려 슈퍼주인의 눈치를 살펴야 하는 이상한 광경이 벌어진다. 나쁜 짓 한 것도 아닌데 얼마나 부끄러운지, 지금은 옛날이야기 하며 웃고 만다.

한여름에는 에어컨도 안 되는 다마스를 끌고 배달을 다녀야 했다. 땡볕에 달아오른 차는 위아래에서 올라오는 열기 때문에 바깥보다 두 배는 더웠다. 아내는 그런 나를 위해 늘 냉동고에 얼음 수건을 마련해 두었다가 가게로 물건을 가지러 오면 말없이 얼음 수건을 건네주었다. 나도 말없이 얼음 수건만 교체해서 목에 걸고는 다시 배달을 다녔다. 서로 바쁘니 여유 있게 대화를 할 시간이 없었다. 그러니 바통 터치하듯이 손만 내밀면 얼음 수건을 얹어주고 나는 뜨뜻해진 물수건을 건네주는 것이다.

더운 날 신천동로로 가다 보면 다리 밑에서는 사람들이 한가하게 막걸리나 캔 맥주를 마시고 노는 모습이 눈에 들어온다.

"저 시원한 맥주 한 모금만 마셔봤으면….."

그곳을 지나칠 때마다 여유롭게 술을 마시는 사람들이 얼마나 부럽던지, 나는 마른침만 삼키고 지나쳐야 했다. 지금 직원들한테 하루에 열 군데 배달을 다니라고 하면 힘들어하는 것을 본다. 하지만 그때는 나 혼자 서른 군데 이상씩 다녔으니 얼마나 바빴으면 오후 5~6시 전까지는 쉴 시간이 거의 없었다.

우리 부부는 매일매일 힘들게 일해도 잘 싸우지는 않았다. 솔직히 싸울 시간이 없었다. 8시 30분에 가게 문을 열면 밤 9시에 가게 문을 닫았고, 퇴근 후에는 10시까지 근처 명상센터에서 기수련 및 불교공부를 했다. 11시가 다 되어 집에 들어오면 둘 다 지쳐 아무것도 할 수 없는 상태가 되었다. 싸울 일이 있어도 에너지가 고갈된 상태에서 싸움도 안 됐다. 일요일도 아무것도 못했다. 남들은 휴일이면 놀러 가고 하지만 아내는 아내대로 나는 나대로 집에서 해야 할 일도 있기 때문에 휴일다운 휴일을 가져본 적이 거의 없었다.

여름휴가도 개념이 없다. 휴가를 안 가봤으니 남들이 여름휴가 간다고 하면 "아, 그런 게 있나 보다" 했다.

하지만 그렇게 힘들었어도 하루도 가게 문을 늦게 열거나, 일찍 닫아본 적이 없다. 그만큼 우리 부부는 하루하루 최선을 다했다. 다다오피스가 이만큼 성장하기까지는 아내와 나의 땀과 눈물이 절반 이상이라고 보면 된다. 그런 힘든 여정을 함께 해준 아내가 고마울 따름이다.

08

많이 벌면 뭐하나 현금이 없는 걸

인터넷 쇼핑몰을 시작하기 전까지는 많이 벌어도 쓸 돈이 없는 것이 문제였다. 아내가 가장 힘들어한 부분이다. 자본금 한 푼 없이 시작했으니 버는 족족 재고를 들여놓기 바빴다. 장부 상에는 백만 원이 남아도 이백만 원어치 재고를 사들여야 하니 장사가 잘될수록 빚만 늘어 갔다.

아이디어도 좋고 마케팅도 잘되고 있고, 매장에 손님도 많았다. 월급쟁이의 두세 배를 벌었지만 아이러니하게도 아내는 돈이 없어 비자금을 빼내 쓰기 시작했다.

결혼 전에도 아내와 나는 식만 올리지 않았을 뿐 함께 가게를 운영했기 때문에 거의 부부나 마찬가지였다. 여유가 되면 결혼식을 올리자며 돈을 조금씩 모으고 있었고, 아내가 직장생활을 하며 벌어둔 돈도 있었는데, 그 비자금마저 야금야금 다 쓰게 된 것이다.

아내는 그때가 제일 힘들었다고 한다. 당시 나는 사업 확장에 모든 관심이 쏠려 있었기 때문에 아내의 어려움을 제대로 헤아려주지 못했다.

그렇게 결혼자금으로 쓰기 위해 모아둔 비자금마저 다 써버리자 결혼식을 올려야 할 상황에서 예식을 치를 수 없었다. 아내 쪽 집안에서는 딸이 벌어둔 돈이 있으니 결혼식 올리는 것은 걱정도 안 하고 있었고, 아내는 돈을 다 써버린 사실을 부모님께 말씀드릴 수 없는 상황이 되었다. 거기다 남편 될 사람이 꿈이 크고 일도 잘 되고 있지만 당장 현금이 없는 남자라고 차마 말을 할 수 없었다.

아내는 어쩔 수 없이 남편 될 사람이 교회에서 알았던 오빠로 가진 것이 없는 남자라고 말씀을 드리기에 이르렀다. 그러자 처가 부모님은 내가 보증금이라도 조금 가지고 있는지를 물었다. 당시 나는 월세를 살고 있었기 때문에 보증금도 없고 정말 무일푼이었다. 아내가 아무것도 없는 남자라고 솔직하게 이야기했을 때 장모님은 실망하고 속상한 마음에 눈물을 흘리셨다고 한다.

결혼하고도 아내가 일을 해야 했기 때문에 7년간 아이도 갖지 않았다. 겉으로 보기에는 사업규모는 점점 커져 갔지만 속으로는 여전히 자금난에 시달렸다. 하지만 아내는 부모님이 걱정하실 것을 염려해 전혀 내색을 하지 않았다. 너무 바빠 왕래도 제대로 못할 정도였다. 한번은 장모님께서 매장에 찾아오셨는데, 아내가 말 한마디 제대로 나눌 시간도 없이 계속 일만 하고, 점심식사도 제대로 하지 못하는 것을 보고는 "다시는 오고 싶지 않다"고 말씀 하셨단다. 아마도 딸이 고생하는 것을 가만 보고 있기 힘들었다는 말씀일 것이다. 곱게 키운 딸이 없는 남편 만나서 쉬는 날도 없이 고생하는 것을 보고 속 안 상할 부모가 어디 있겠나? 그때의 장모님 마음을 충분히 이해한다. 그저 장모님께 죄송하고, 묵묵히 곁을 지켜준 아내에게 고마울 따름이다.

그렇게 자금난을 겪고 있을 때 우연히 우리 매장에 중소기업은행 지점장이 잉크를 사러왔다. 젊은 부부가 너무 열심히 사는 것을 보고는 칭찬을 하시기에, "장사가 잘 되면 뭐합니까, 남는 돈이 없습니다." 했더니 "젊은 사람들이 이렇게 열심히 사는데 은행에 있는 내가 안 도와주면 누가 도와주겠노?" 하시며 지점장 권한으로 대출에 힘을 써 주겠다고 했다. 그 지점장님의 도움으로 2천만 원짜리 마이너스 통장을 만들어 물품 대금 및 회사 운영 자금, 생활자금으로도 쓸 수 있어 한숨을 돌렸다. 하지만 늘 마이너스 상태가 되니 우리 부부는 마이너스를 플러스로 만들기 위해 더 많이 노력해야 했다.

나는 그런 어려움이 있어도 사업체가 점점 커져 갔기 때문에 힘든 줄을 몰랐다. 하지만 아내는 내가 그런 것까지 신경 쓰지 않도록 혼자서 그 모든 것을 감내해 주었다. 지금도 그때 일을 떠올리면 힘들었던 기억이 떠오르는지 눈시울을 붉힌다. 앞으로 함께하며 아내에게 내가 갚아야 할 마음의 빚인 셈이다.

09

실패는 성공의 밑거름

혼자 배달 다니며 수익이 점점 늘어날 때의 일이다. 쌀가게를 얻어 창고로 쓰고 있었는데, 거래처가 늘자 쌀가게가 비좁을 정도로 물건이 늘었다. 신규 거래처도 계속 늘어나니 좀 더 넓은 창고를 마련해야 했다. 그때 생각에 창고를 창고 용도로만 쓰면 월세만 나가지만 창고에서 물건을 팔면 인건비와 임대료가 빠지겠구나 생각했다. 그래서 생각한 것이 창고형 매장이다. 창고와 매장을 합친 개념이라고 보면 된다.

당시 직장을 다니고 있던 아내에게 직장을 그만두게 하고 봉덕동에 창고형 매장을 얻어 맡겼다. 창고형 매장에서는 잉크 충전방도 운영했다. 2001년으로 기억하는데, 당시에는 정품 잉크가 비싸서 다 쓴 잉크통에 다시 잉크를 채워주는 잉크충전방이 유행하던 때라 사업성을 믿었다. 200만 원을 들여 잉크 충전방식까지 배운 것이다. 그런데 1년도 되지 않아 매장 판매를 통해서만 인건비를 빼고도 500만 원 이상의 수익이 남았다. 매장도 잘되었고, 배달 건수도 많아서 사업은 순탄하게 발전해 가고 있었다.

　그러다 매장을 하나 더 내고 싶은 마음이 생겼다. 중구 동인동에 조그마한 잉크충전방을 냈는데, 결과는 예상과 달리 실패로 돌아갔다. 대구 종각 네거리 즈음에 경북대 의학전문 대학원과 같은 대학들이 있어서 수요가 충분할 것이라고 생각하고 오픈을 했다. 나는 배달을 다녀야 했고, 아내는 봉덕동 매장을 지켜야 했기 때문에 직원을 구해 교육시켜 관리를 맡겼다. 그런데 생각만큼 매출이 나오지 않았다. 오픈한 지 1년 이상이 되었는데도 계속 적자상태였다. 할 수 없이 계약 기간 만료전에 문을 닫아 버렸다.

　실패의 원인은 나의 판단 착오였다. 근처 대학이 있으니 당연히 수요가 많을 것이라고 생각한 것이 잘못이었다. 가게의 위치 자체가 차를 타고 지나쳐 버리는 자리였고, 가게 앞 도로도 횡단보도가 없는 왕복 4차선 도로였다. 출입문도 4차선 도로 쪽으로 냈는데, 알고 보니 사람들이 활동하는 곳이 출입문 뒤쪽이어서 출입문도 잘못 생각했던 것이다. 거기다 직원 한 명을 앉혀 놓고 모두 맡겨 놓으니 내 맘같이 일을 해주지 못했다. 아내는 자기 가게이니 어떻게든 손님 하나라도 더 만들어 보려고 친절하게 애착을 갖고 일했지만, 직원은 그렇지 않았던 것이다. 직원관리도 제대로 받지 못해 혼자 일하는 직원 입장에서도 많이 힘들었을 것이다.

또 물건이 떨어지면 내가 직접 배달을 해주었는데, 장사가 안 돼도 월세에 직원 월급까지 꼬박꼬박 나가야 되니 시간대비 효율성이 상당히 떨어졌다.

그래서 계약 기간이 끝나가자 모두 철수시켰다. 기존의 매장이 잘 되어서 시내에서도 잘 될 줄 알았는데, 그게 패착이었다. 월 1백만 원 꼴로 손해를 본 결과가 됐는데, 2년 가까이 운영했으니 2천만원이 넘는 돈을 손해 본 것이다.

사업이 상승곡선을 타고 있었기 때문에 지나치게 나를 믿었다. 내 시각이 틀리지 않을 것이라는 확신 때문에 입지의 단점이 눈에 들어오지 않았던 것이다. 철저하게 시장조사를 해서 위치선정을 하고 관리도 꼼꼼하게 했어야 했는데 그러지 못했다. 실패를 통해 내 시각이 틀릴 수 있다는 점을 배운 셈이다. 그 일은 종교생활 10년 이후로 가장 큰 실패로 남았다. 그런 실패가 있었기에 지금의 다다오피스가 있는 것이고, 나도 더 겸손해지지 않았겠나 생각한다.

10

전국 최초 빈 잉크통
수거 사이트를 만들다

나는 항상 새로운 것을 시도하기를 좋아한다. 어렸을 적 내 별명은 '호기심 천국'이었다. 궁금한 것은 다 해봐야 하는 성격이었다. 종교도 마찬가지로 보면 된다. 종교에 대해 궁금하니까 내 모든 것을 다 바쳤던 것이다.

사업을 하면서도 늘 새로운 시도를 했다. 그리고 전국 최초라는 수식어에 걸맞게 남들이 시도하지 않은 일로 1등을 해왔다. 잉크충전방을 할 때도 남들은 잉크충전방을 하면 그것으로 그치는데, 나는 잉크충전 기술을 바탕으로 스티커와 포장박스를 제작해서 나만의 독자 브랜드 '잉크플러스'라는 재생잉크를 생산해 냈다. 당시 잉크충전방은 재생잉크를 공급 받아서 파는 가게가 많았다. 하지만 나는 200만 원을 들여 잉크충전기술을 배웠는데, 잉크충전 방식을 배우면 그 자체가 제조기술을 배운 거나 마찬가지여서 재생잉크

완제품을 박스에 넣어서 판매를 하면 잉크충전만 해줄 때보다 거의 두 배의 수익을 남길 수 있었다.

포장박스도 '잉크플러스'라는 자체 브랜드명을 넣어 깔끔하게 디자인했는데, 포장박스를 만들어 브랜드화하자는 아이디어도 내가 처음이었다.

빈 잉크통은 사무실에 배달을 다니면서 돈을 주고 사들였다. 당시 정품 잉크값이 4만 원 돈이었으니 재생잉크를 만들어 반값에만 팔아도 원가 대비 수익성이 상당히 높았다. 그때가 프린터기가 막 보급되기 시작할 때였고, 정품 잉크 값이 비싸니까 사람들이 재생잉크로 많이 몰렸다.

아내가 잉크를 충전해 재생잉크를 만들어 주면 나는 그것을 사무실에 납품했다. 규모는 작았지만 재생잉크 공장인 셈이다. 상품처럼 포장까지 해서 도매가로 팔지 않고 바로 소매가로 팔았더니 수익이 상당했다. 동인동 매장을 실패하고 나서 여기서 새로운 길을 찾은 것이다.

오프라인에서 점점 재생잉크 판매가 늘어가자 나는 인터넷 판매로 눈을 돌렸다. 옥션에 잠깐 올려 팔았는데 기대 이상으로 잘 팔려 나갔다.

그런데 문제는 빈 잉크통이었다. 판매는 느는데 잉크통이 없어 더 팔고 싶어도 팔지 못하는 상황이 온 것이다. 직접 수거하는 것도 한계가 있었다. 어떻게 하면 빈 잉크통을 효과적으로 모을 수 있을까 고민하던 차에 이것도 인터넷으로 수거해보면 어떨까 하는 생각에 미쳤다. 궁하면 통한다고 사업의 중요한 고비마다 반짝이는 아이디어가 떠올랐다.

처음에는 보안이 취약한 제로보드에 잉크통 수거 사이트를 만들었다가 얼마 못가 악성바이러스로 먹통이 되는 낭패를 보았다. 결국 다시 단독으로, 전국 최초로 빈 잉크통 수거 사이트 '잉크통 4989www.inktong4989.com'를 만들었다. 사이트를 만들어 돈을 주고 빈 잉크통을 산다고 광고를 하니 잉크통이 몰려들었다. 500원, 1,500원, 2,500원 이런 식으로 가격을 쳐 주고 전국 곳곳에서 빈 잉크통을 사 모았다. 그것을 바탕으로 대량으로 재생잉크를 만들어 판매하자 인터넷 쇼핑몰 규모도 커지기 시작했다. 곧 독립적인 판매 사이트 '잉크짱www.inkzzang.co.kr'를 만들었다. 옥션에 올려 팔면 수수료를 10% 이상씩 주어야 하기에 자체적으로 쇼핑몰을 만든 것이다. 쇼핑몰을 오픈한 지 2주가 되니 40건, 50건씩 주문이 고정적으로 올라왔다. 그때가 2006년이었다.

"대박이다! 잘만 하면 단시간 내에 배달이나 매장 수익의 수십 배는 올릴 수 있겠다."

그때부터 배송직원을 구해 배달을 맡기고 쇼핑몰 운영에 집중했다.

광고도 하기 시작했다. 서울에 있는 큰 광고대행사에 광고를 맡겠더니 한 달 광고비가 5천만 원 이상 들었지만, 잉크가 소모품이라 몇 달 후부터는 재구매가 돌아온다는 확실한 믿음이 있었기에 버는 돈 모두 광고비에 쏟아 부었다. 광고 이후 많이 팔리기는 했지만 광고비가 워낙 많이 드니 광고비를 빼면 적자였다. 재구매가 돌아오는 석 달 정도부터는 내 생각대로 광고비를 빼고도 수익이 남기 시작했다. 쇼핑몰의 규모는 급격히 커졌다. 쇼핑몰 시작 6개월이 안 돼 전국 판매 1위를 했고, 2007년에는 개인 사업자에서 법인으로 전환하기에 이르렀다.

빈 토너카트리지도 들어왔다. 빈 토너카트리지는 5천 원, 만 원이런 식으로 가격이 비쌌다. 재생잉크 이후 재생토너의 수요가 더 늘어나자 300평 규모의 재생토너 공장도 설립했다. 재생토너 공장의 토너 생산량도 지금은 전국에서 다섯 손가락 안에 드는 규모로 성장했다.

빈 잉크통, 토너통 수거 사이트가 전국적으로 히트를 치자 그것을 바탕으로 재생잉크, 재생토너를 만들어서 쇼핑몰에 직판을 하니 가격 경쟁력 면에서 우리를 따라올 수 있는 데가 없었다. 직접 소비자한테서 잉크통을 수거해서 바로 판매하니까 가능한 일이었다. 다른 업체는 수거업자가 돈을 주고 잉크통을 수거해서, 그것을 마진을 남기고 공장으로 넘기니 우리와는 경쟁이 안 되는 것이다.

여기저기서 빈 잉크통이 몰려오니 재생잉크를 만들고도 빈 통이

남아돌았다. 그래서 남은 잉크통을 다시 마진을 붙여 다른 재생잉
크 공장에 팔기도 했다. 이래저래 수익이 창출됐던 것이다.

11

바이러스로 홈페이지가 먹통 되다

제일 처음에는 재생잉크를 옥션에 올려 팔았다. 재생잉크를 만들려면 빈 잉크통이 필요한데, 장사가 잘 되니 잉크통이 모자라게 되었다. 빈 잉크통 수급을 위해 나는 전국 최초로 수거 사이트를 생각해 냈다. 그때 제로보드라는 홈페이지를 만들 수 있는 도구가 있었는데, 거기에 간단한 수거 사이트를 만들었던 것이다. 그런데 이 제로보드로 만든 홈페이지는 보안이 매우 취약한 게 흠이었다. 사이트를 통해 잉크통 수거가 잘 되고 있는 상황에서, 어느 날 갑자기 먹통이 돼 버린 것이다. 사이트 자체가 열리지를 않았다. 홈페이지를 처음 만들다 보니 보안이라는 것이 그렇게 중요한 것인지 미처 생각하지 못했던 것이다. 재생잉크는 잘 팔리고 있는데 빈 잉크통이 들어오지 않으니 난감했다. 사이트가 먹통 상태로 2주간 지속됐다. 프로그램에 대해 잘 아는 친구에게 물었더니 어쩔 수 없다는 답변만 돌아왔다. 수거가 잘되니까 경쟁업체에서 바이러스를 심은 게 아닌가 추측된다.

그때부터 여기저기 수소문해서 홈페이지 구축에 나섰지만 프로그램에 대해 잘 알지 못하니 답답했다. 겨우 친구를 통해 아는 업체를 소개 받아서 제대로 된 수거 사이트를 만들었다. 보안도 강화했다.

그때 여기저기 얼마나 쫓아 다녔으면 일주일에 집에 들어가는 날이 2-3일 정도 밖에 안 되었다. 새벽에 우유 아주머니한테서 우유를 받아서 들어갈 정도였다.

"이러다 우유 아주머니하고 정들겠다."

새벽에 들어와 내가 농담 아닌 농담을 섞어 던지니 아내가 황당한 눈빛으로 나를 보았던 기억이 난다. 그때 내 머릿속에는 온통 일 생각밖에는 없었다.

일이 잘 풀리는 중에 벌어진 일이라 앞이 캄캄했다. 사이트가 마비된 이후 빈 카트리지가 없어 할 수 없이 다른 데서 빈 카트리지를 받아와야 했다. 빈 카트리지를 받아서 쓰면 직접 수거해서 만드는 것보다 가격 경쟁력이 떨어진다는 것은 당연한 사실이다. 그렇다고 나는 그렇게 만든 재생잉크를 비싸게는 팔지 않았다. 사이트가 풀릴 것이라고 생각해서였다. 새 사이트도 만들고 있어서 내가 조금 손해를 보더라도 기존 가격을 유지해서 팔았다.

그 뒤 다시 수거 사이트를 오픈했고 그 사이트를 통해 정말 많은 빈 잉크통이 수거되었다. 빈 잉크통이 남아돌자 나는 잉크통이 필요한 업체에 마진을 붙여 팔기도 했다.

그런데 그때는 세무에 대한 개념이 제대로 서 있지 않았다. 물건을 팔면 당연히 세금을 내야 하는데, 잉크 빈 통을 팔아 수익을 남기는 것에 대해 세금을 내야 되는 줄을 몰랐다. 고물 같은 경우는 의제매입 세액공제를 받는데, 잉크 빈 통도 어떻게 보면 버려지는 것이라고 보고 쉽게 생각했던 것이다. 경쟁업체가 그 사실을 알고 우리를 세무서에 신고한 것이다. 당연히 우리는 세무조사를 받을 수밖에. 속으로 괘씸한 생각도 들었지만 내가 잘못한 일이니 당연한 결과였다.

당시 아내는 첫 아이 임신 상태였고, 나는 배달을 다니던 때라 아내 혼자 가게를 보고 있었다. 예고도 없이 세무직원들이 들이닥쳤다. 세무서 직원들이 놀라지 말라고 안심시켰지만 아내는 무슨 일인가 싶어 벌벌 떨었고, 밤에는 잠도 제대로 자지 못했다. 마이너스에 허덕이다 이제 좀 사업이 되나 보다 생각하던 차에 세금을 부과 받아 얼마나 힘들었는지 모른다. 세무 지식도 없어 더 당황스러웠다. 그 뒤로 나는 법인으로 전환시키고 세무관계를 철저히 했다.

나중에 우리 업체를 신고한 사람이 누구인지를 알게 되었다. 그 사람은 우리와 같은 일을 하는 경쟁업체 사장이었다. 욱하는 마음도 생겼지만 그 사장의 아들이 장애를 가진 것을 알고 그냥 넘어가기로 마음먹었다. 자세히 보니 우리보다 전문적이지도 않고 영세한 데다, 자신도 먹고 살기 위해 그런 것이니 용서 못할 것도 없었다. 나도 한때는 매장을 하면서 멱살도 잡히고, 맞아도 보고 하면서 내 사업장을 키우기 위해 얼마나 노력했던가? 사람의 욕심이라는 것이 그런 것이다. 비싼 대가를 치른 가르침이었다.

12

스스로 치유하는 '강철 멘탈'

무엇보다 일이 즐거웠다. 혼자 배달할 때도 8시면 출근한다. 주문이 들어오면 나가도 되지만 나의 출근 시간은 늘 8시였다. 아침 8시에 영업을 나가는 날, 영업할 사무실들이 9시에 문을 열면 애가 탔다. 빨리 전단지 돌리고 영업을 뛰어야 하는데 문을 너무 늦게 여는 것이다. 사람은 만나고 싶어 죽겠는데 문을 안 열면 그 시간이 얼마나 아깝던지. 문이 열릴 때까지 그날 하루 배달 코스를 정해보면서 시간을 보냈다.

그때는 하루하루가 기대가 되었다. 거래처가 계속 늘어가니 오늘은 또 어떤 사람을 만나고 어디를 영업할까? 오늘은 몇 군데에서 전화가 올까? 오늘 매출은 얼마나 될까? 하는 생각에 힘든 것도 전혀 몰랐다.

한 사무실에 배달을 가면 나는 그 사무실만 보고 오는 것이 아니라 주변 사무실에 들러 인사도 하고 전단지도 돌리고 우편함에도 전단지를 꽂아 놓고 온다. 배달 따로 영업 따로 하는 것보다 훨씬 효율적이었다. 그러니 한 군데 배달을 가면 시간이 많이 걸렸다. 그래서 항상 뛰어 다녔는데, 복사용지를 들고 계단을 아래위로 뛰어 다니는 일은 나의 일상이었다.

갈 때마다 전단지를 돌리고 인사를 하니 처음에는 "저 사람이 뭐하는 사람인가" 했지만 점점 얼굴이 익혀지면서 주문으로 이어졌다. 복사용지는 소모품이니 주기적으로 방문해 영업하는 것이 거래처 확보에 도움이 되었다. 그런 식으로 한 건물 전체를 거래처로 만든 적도 있다. 거래처가 점점 늘어날 때마다 얼마나 재미있는지 그럴수록 영업을 더 적극적으로 하게 되었다. 주문이 없으면 영업하고, 오늘은 여기까지 영업했으면 내일은 저기까지 하고 이런 식으로 스스로 계획을 세워서 했다.

사무실에 가면 사람들이 왜 왔냐며 거부하고 귀찮아해도 그런 것은 크게 신경 쓰지 않았다. 내 할 일을 하는 것뿐, 내가 영업할 자유가 있는 것처럼 그 사람들도 거부할 자유가 있으니 그렇게 받아들였다. 그 사람들이 거부하는 것은 복사용지가 필요 없기 때문이지 내 인격을 거부하는 것이 아니니 너무 깊이 받아들여서 상처받을 이유가 없다. 내 할 바만 하고 결과는 하늘에 맡기면 되는 것이다. 다양한 사람을 만나 영업해야 하는 사람이 이런거 저런거 다 생각하면 영업을 못하는 것이다.

나는 상처를 잘 받지 않는다. 아내는 나를 보고 '강철 멘탈'이라고 한다. 종교단체에서 둘이서 나왔을 때 아내는 종교적 신념이 한꺼번에 무너져 심한 우울증을 겪었고, 심지어는 내일이 오는 것이 싫을 정도로 낙심한 상태였지만, 나는 그렇지 않았다. 지나간 것은 이미 지나간 것이기 때문에 거기에 연연하지 않았다. 무엇보다 새로운 일을 시작했기 때문에 일이 즐겁고, 하루하루 노력한 만큼 결과가 돌아온다는 것이 그저 신기하고 놀라울 따름이었다. 아내는 하루하루 기대에 찬 나를 보고 생각을 바꾸게 되었다고 한다. 아내를 좌절감에서 벗어나게 한 것은 나의 긍정적인 삶의 자세였다. 아내는 물질적으로 나는 정신적으로 서로서로 도움을 준 것이다.

폐카옥션이라는 쇼핑몰을 할 때, 거래처와 문제가 생긴 적이 있었다. 그 거래처에서 나를 비난하는 글을 올렸다. 노숙자에서 이만큼 성장하기까지 왜 주위의 시기와 비난 질투가 없었겠나. 하지만 나는 거기에 크게 신경 쓰지 않았다. 왜냐하면 글을 읽어보니 내가 그런 욕을 들을 이유를 찾을 수 없었다. 그래서 나는 그렇게 썼다.
"당신이 욕한 사람은 당신이 만들어낸 사람입니다. 나는 그런 사람이 아니기 때문에 그런 욕을 들을 이유가 없습니다. 그러니 욕을 다시 돌려드리겠습니다."

그리고 나는 잊어버렸다. 욕을 한다고 변명하고 따지고 같이 흥분하면 욕을 한 사람과 함께 진흙탕 속에 빠지는 것이나 마찬가지다. 욕을 하는 사람의 생각까지 내가 좌지우지할 수 없다. 내 행동이 떳떳하다면 남들의 비난에 크게 영향 받을 필요가 없다.

사람이 화가 나는 이유는 그 사람을 이해하지 못하기 때문인 경우가 많다. 아무리 살인자라도 그 사람이 살아온 환경이나 그럴 수밖에 없었던 사건들을 알게 되면 측은한 마음이 생긴다. 상대방의 입장에 서보면 이해할 수 있는 부분이 생기고, 그러면 화가 잘 나지 않는다. 내 사업도 급속도로 발전한 경우라 주위의 시기 질투가 많았다.

로켓은 쏘아 올릴 때 끌어당기는 중력 때문에 대부분의 에너지를 대기권 안에서 다 쏟아붓는다. 대기권 밖을 벗어나버리면 중력이 작용을 못한다. 그처럼 사업을 시작하면 잘되면 잘되는 대로 부정적인 시각으로 나를 끌어 내리려는 사람들이 있게 마련이다. 그것을 박차고 나가 버려야지 로켓이 대기권을 벗어나 우주로 날아가듯 내 사업도 더 크게 발전할 수 있는 것이다. 이제는 내 사업체가 어느 정도 커지니까 지금은 공격해오지 않는다. 내가 자기들 상대가 아니라는 것을 알았기 때문이다.

13

나는야 맨발의 청춘

90년대 후반에 유행했던 벅의 '맨발의 청춘'이라는 노래가 있다. 내가 노래방에서 이 노래를 신나게 불렀더니 아내가 눈물을 흘린 적이 있다. 이 노래의 가사가 내가 사는 모습과 너무도 똑같아서 마음이 짠했다고 한다.

이렇다 할 빽도 비전도
지금 당장은 없고
젊은 것 빼면 시체지만
난 꿈이 있어
먼 훗날 내 덕에 호강할
너의 모습 그려 봐
밑져야 본전 아니겠니

니 인생 걸어보렴

:

갈 길이 멀기에 서글픈 나는 지금
맨발의 청춘 우! 아! 우! 아!
나 하지만 여기서 멈추진 않을거야
간다 와다다다다다다
그저 넌 내 곁에 머문 채
나를 지켜보면 돼
나 언젠간 너의 앞에 이 세상을
전부 가져다 줄 거야

:

기죽지는 않아 지금은
남들보다 못해도
급할 건 없어 모든 일엔
때가 있는 법
먼 훗날 성공한 내 모습
그려보니 흐뭇해
그날까지 참는 거야
나의 꿈을 위해

이런 가사로 이루어진 노래다. 지금 보니 정말 내 모습 그대로를 표현한 것 같아 마음 한구석이 찌릿해져 온다. 노숙을 할 때 깨달은 것이 있다. 내가 나 스스로를 지키지 않으면 아무도 나를 지켜주지 않는다는 것이다. 잘사는 부모님, 학벌, 도와줄 친구? 아무것도 없었다. 다시 노숙자로 전락하지 않으려면 바로 내가 정신을 똑바로 차려야 했다. 그래서 그때부터 나 자신에게 더 철저해졌다.

나는 한군데 꽂히면 끝장을 봐야 직성이 풀리고, 무엇을 해도 그 분야에서 최고를 해야 한다. 비록 바른길은 아니었지만 종교에 빠졌을 때도 온몸을 던졌다. 전도하러 다니다 들켜서 멱살을 잡히고, 주먹으로 얻어맞고 쫓겨 나보기도 했고, 한겨울 자꾸 얼어붙는 풀통을 들고 새벽 3~4시까지 교회 전단지를 붙이러 다니다가 개한테 물리기도 했다.

복사용지 사업을 할 때도 내 전부를 쏟아 부었고, 골프에서도 10개월 만에 홀인원을 했으며 남들이 10년이 걸려도 못한다는 원오버73타, 싸이클 버디, 이글 3번을 3년 만에 해냈다. 그런 것을 보면 주위에서 나만큼 열정 있는 사람을 잘 보지 못했다.

아마도 이 노래를 불렀을 즈음이 2000년 초반이 아닐까 한다. 그때는 사업이 한창 잘되고 있을 때라 희망과 꿈에 부풀어 있었다. 수익도 늘고 사업 규모도 확장되니 몸은 힘들었지만 힘든 줄도 몰랐다. 내 뇌의 90% 이상이 일로 가득 채워진 때라고 보면 된다. 낮 시

 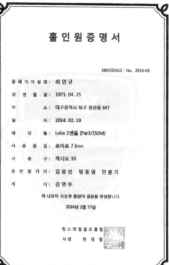

홀인원증명서

KINGSDALE | No. 2014-03

플레이어 성명: 최연규
생 년 월 일: 1971. 04. 25
주   소: 대구광역시 북구 침산동 647
일   자: 2014. 02. 19
해 당 홀: Lake 3번홀 (Par3/150M)
사 용 클 럽: 로마로 7 Iron
사 용 구: 젝시오 33
동 반 경 기 자: 김광선 염동영 민훈기
캐   디: 김연우

위 내용이 사실과 틀림이 없음을 증명합니다.

2014년 2월 19일

킹스데일골프클럽
사 장   현 재 열

〈홀인원 상패와 홀인원 증명서〉

PLAYER										Approved by	
벤엘코스											
HOLE	10	11	12	13	14	15	16	17	18	계	TOTAL
C.T (M)					388	496				3,163	6,345
G.T (M)	354	364	190	350	364	462	350	175	496	3,105	6,234
B.T (M)	335	342	162	328	338	454	330	149	467	2,905	5,808
W.T (M)	309	324	140	302	320	442	304	133	436	2,710	5,414
R.T (M)	280	296	119	267	308	431	273	118	391	2,483	4,895
H.D	10	2	4	18	6	14	16	8	12		
PAR	4	4	3	4	4	5	4	3	5	36	72
짐	○	○	○	○	/	/	/	/	/	43	84
최인규			○	Z	Z	3	♥	3	♥ ♥ ♥	42	81
이			○	Z	Z	3	3	3	3 / 3	56	111
짐			○	Z	Z	/	Z	3	Z / Z	51	99

〈싸이클버디 기록지〉

간을 분 단위로 쪼개 써도 모자랄 정도로 1분 1초도 낭비하지 않으려고 했다. 그러니 아내의 눈에는 일에 미친 사람처럼 보였을 것이다.

아내가 요즘 들어 한결 편안해진 얼굴로 내게 농담조로 하는 말이 있다.

"아침에 머리에 새집지어 나오는 걸 보니 당신이 사람인 줄 알겠다."

30대 때 나는 잠을 잘 때도 흐트러짐 없이 잤다. 반듯하게 누워서 손을 가슴에 얹고 자는데, 일어날 때도 자세가 똑같았다. 머리카락도 그대로일 정도로 자는 시간까지도 긴장하고 있었던 것이다. 40대에 접어들어 사업이 어느 정도 궤도에 진입하니까 아침에 일어날 때 머리카락이 흐트러지더란다. 아내는 그 모습을 보고 안심이 됐다고 했다. 그 전까지는 로봇 같았다고 말한다. 성공이라는 목표에만 초점이 맞춰진 로봇! 그만큼 나는 절실했다.

아내와 나는 차를 타고 다니면서도 일 얘기를 많이 한다. 눈 뜨자마자 사업얘기를 하고, 차를 타고 집에 도착하는 순간까지도 일 이야기만 하니까 어느 날은 아내가 "제발 좀 조용히 하라"고 화를 내는 것이다. 또 어떤 날은 차를 타고 일 얘기를 하다가 집 앞에 와서도 끝내지를 못해 한 시간이 넘게 차 안에서 이야기를 나눈 적도 있다. 위층에서 우리를 본 옆집 아주머니가 차가 도착해도 사람들이 내리지를 않으니 한참을 이상하게 쳐다봤다는 것이다.

친구들과 술을 마셔도 9시면 들어왔다. 아내는 "술을 마시러 나갔으면 최소 10시는 넘겨서 들어와야 되는 것 아니냐."며 오히려 나를 나무랐다. 술을 먹고 흥청망청하다가 그 다음날 업무에 지장이 생길까 나는 철저히 나를 통제하던 시기였다.

그래서 그때 생긴 별명이 '신데렐라'였다. 다음날 아침 8시 출근을 위해 12시 전에는 무조건 집에 들어가야 한다는 나만의 철칙 때문이었다. 나는 한 번도 이를 어겨보지 않았다. 밤에 술자리가 생기면 예의상 딱 한 잔만 받아 마시고는 술을 마시지 않겠다며 잔을 엎어 놓았다. 안 마신다는데도 계속 권해서 멱살 잡고 싸운 적도 있고, 소주잔을 던져 깨버린 일도 있다. 남들 눈에 나는 '정말 재수 없는 놈, 술맛 떨어지는 놈'이었다. 그렇게 까지 해야 했던 이유는 먹고사는 문제가 절실했고, 다시는 차가운 콘크리트 바닥의 악몽을 되풀이하지 않겠다는 다짐 때문이었다.

남들이 말하는 '성공'에는 다 이유가 있다. 그것은 쉽게 이룰 수 있는 것도 아니고, 성공하기 위해서 다 나처럼 하라는 얘기는 더욱 아니다. 그만큼 간절히 바라고 노력하라는 이야기다. 마음만, 말만 앞세우지 말고 행동으로 그 절실함을 이루기 바란다.

Core of Business

03

사업의
핵심,
"먼저 손해 본다"

01

손해? 정말 손해일까?

'내가 먼저 손해 본다'는 원칙은 사업이나 인관관계에 있어서 핵심이다. 내 사업 곳곳에 이 원칙이 적용되어 있다.

사업을 하면서 나는 많은 사람들의 도움을 받았다. 그 사람들의 도움이 아니었다면 이 자리까지 오지 못했을 것이다. 사업이 한 단계 한 단계 올라갈 때마다 누군가 와서 도움을 주었으니 좋은 인간관계를 형성하는 일이야말로 사업에서는 빼놓을 수 없는 핵심 요소였다.

나는 그런 인간관계 이면에서도 '먼저 손해 본다'는 원칙을 적용시켰다. 사람과의 관계에서 한 사람이 손해 본 만큼 누군가는 이득을 보게 되어 있다. 내가 밥을 사면 누군가는 얻어먹는 것이고, 내가 얻어먹으면 누군가는 돈을 쓰는 것이다. 먼저 손해를 보면 어떤 방법으로든 나에게 돌아온다고 믿는다. 그래서 나는 손해를 봐도 손해라고 생각하지 않는다.

먼저 나는 이 원칙을 매장에 적용했다. 우리 매장에는 커다란 170cm의 '몽당연필' 모형이 서 있다. 서울에서 문구 관련 박람회를 갔다가 몽당연필을 새 연필로 바꿔주는 행사를 보고 아이디어를 얻었다. 당시는 몽당연필을 가져오면 그냥 교환해 주는 식이었는데, 나는 거기에 아이디어를 내어 몽당연필을 시각화해보면 어떨까 생각했다. 문구를 판매하는 매장에 몽당연필 모형이 서 있으면 상징성도 있고, 홍보도 될 것 같았다.

〈몽당연필 무료교환 안내모형〉

　연필 모양의 상징물을 매장 안에 세우고 7센티미터 이하의 몽당
연필을 가져오면 가져온 숫자만큼 새 연필로 교환해준다고 홍보했
다. 아이들이 직접 넣을 수 있도록 투입구도 만들었다. 아이들은
쓰다 남은 몽당연필을 매장에 와서 직접 넣어보며 재미있는 경험
을 한다. 거기다가 공짜로 새 연필까지 바꿔주니 매장을 찾아오는
아이들에게는 두 배의 기쁨을 선사한다. 지금까지 수거된 연필만
대략 3만 자루가 된다. 상식적으로 생각하면 나의 일방적인 손해
다. 나는 손해를 보았을까? 미안하지만 난 하나도 손해를 보지 않
았고, 오히려 득을 보았다.

　요즘같이 물자가 풍족한 시기에 몽당연필은 그저 버려지는 물건
이다. 우리 때야 깍지도 끼워 쓰고 했지만 요즘은 그럴 필요가 없
다. 부모님들은 그런 요즘 아이들을 보고 절약하는 습관을 키워주
고 싶을 것이다. 옛날에는 몽당연필 안 버리고 볼펜대에 끼워서 끝

까지 썼노라고 하면서 말이다.

부모님들은 아이들 손을 잡고 몽당연필을 챙겨 온다. 아이들은 새 연필을 받아서 좋고 부모님은 절약하는 습관을 가르쳐서 좋다. 그리고 우리 매장은 소비자에게 좋은 인식을 심어주는 홍보효과를 얻을 수 있다.

그럼 그 아이들이 연필만 바꿔서 그냥 갈까? 함께 온 부모님에게 다른 것을 사달라고 조르기도 하고, 부모님은 매장 온 김에 다른 필요한 것을 사게 된다. 대부분 다른 제품 구매로 이어져 손해 본 연필 값 이상의 매출을 올려주고 간다.

계산상으로는 연필 한 자루에 200원 씩 해서 3만 자루면 600만 원을 손해 보았지만, 내가 손해 본 것 이상의 많은 효과와 수익을 올리게 되는 것이다. 내가 먼저 손해 보았기 때문에 가능한 일이었다.

인간관계도 마찬가지다. 나는 사람들을 만나면 대부분 술을 사든지 밥을 먼저 산다. 술 사고 밥 사 주는 것을 싫어하는 사람은 거의 없다. 오히려 사람들은 만날 때마다 얻어만 먹는 사람을 기피한다. 또 사람을 만나면 잘 웃고 리액션도 해준다. 칭찬할 일은 적극 칭찬도 해주고 공감도 해주면서 많이 들어주는 편이다. 그래서 그런지 나를 한 번 만난 사람은 다시 나를 찾게 된다.

밥을 사고 술을 사며 내 돈을 쓰는 것, 시간을 내어 친구를 만나 얘기를 들어주는 것, 어찌 보면 물질적, 시간적, 정신적으로 모두 손해다. 하지만 돈과 시간을 손해 봄으로써 나는 상대방의 마음을 얻는다. 그 사람은 나에게 좋은 인연이 되어 준다.

사업을 성장시킨 것은 내가 잘나서 된 것이 아니었다. 누군가가 도와주었기 때문에 가능한 일이었다. 내가 먼저 손해 보는 자세로 다가갔기 때문에 그들은 나에게 마음을 열어주었다. 이보다 더한 이득이 어디 있겠는가? 결국 내가 손해 본 것은 손해가 아니었다는 얘기다.

나는 인터넷 쇼핑몰 곳곳에도 이런 원칙들을 적용시켜 놓았다. 내가 손해 보더라도 고객만족을 먼저 생각했다. 고객 입장에서 보면 고객이 원하는 서비스가 무엇인지 보인다. 고객이 알아차리기도 전에 고객이 원하는 서비스를 제공하도록 최선을 다했다. 그래서 인터넷 쇼핑몰 창업 6개월 만에 동종업계 1위를 하지 않았나 생각한다.

02

다 있으니까 '다다오피스'
(www.dadaoffice.co.kr)
-모든 정보는 고객에게서

대구광역시 북구 침산동에 위치한 다다오피스 본점은 전산, 문구, 사무, 공구, 완구, 생활용품 등 10만여 가지의 제품들을 망라한 전국 최초 융복합 매장으로 한곳에서 원스톱 쇼핑이 가능한 매장이다. 의류나 채소, 냉동, 냉장 식품을 제외하고는 웬만한 것은 다 갖추고 있다. 제품의 다양성도 그렇지만 가격이나 품질, 서비스까지 어디에 내놔도 손색이 없다. 그러면 어떻게 복사용지 사업에서 대규모 융복합 매장으로 발전시켰을까? 해답은 모두 고객에게 있었다. 나는 고객이 가르쳐준 대로 따라했을 뿐이다.

처음 복사용지를 배달 다닐 때, 사무실 사람들은 복사용지만 시키는 것이 아니라 이것저것 다른 잔심부름을 시키기도 했다. 나는 고객을 놓치지 않으려고 서비스 차원에서 그들의 심부름을 해주었다.

"복사용지 가져 오는 김에 풀 하나 사다 주세요."

그러면 나는 문구점에 가서 풀 하나를 사다 준다. 500원에 샀으면 마진 없이 500원에 주는 것이다. 그저 단순 심부름이었다.

"풀 사오는 김에 파일도 사다 주실래요?"

그러면 나는 파일까지 사다 준다. 그런데 이런 단순 심부름을 해 주면서 이런 생각이 드는 것이다.

"내가 풀과 파일을 사다 놓고 사무실 사람들에게 팔면 어떨까?"

안 그래도 바쁜데 심부름하느라 여기저기 뛰어다닐 필요도 없고, 아예 내가 문구제품들을 한꺼번에 사서 사무실 사람들이 필요할 때마다 팔면 이문도 남기고 일석이조라고 생각했다. 그래서 그때부터 복사용지와 함께 사무실에 필요한 자잘한 문구류들까지 떼어다 팔기 시작했다.

문구류를 팔다 보니 경리들이 이제는 주방세제도 갖다 주시라, 걸레도 필요하다, 고무장갑도 사다 달라 요구 사항이 점점 늘어났다. 사무실에서 문구류만 필요한 게 아니라 걸레도 고무장갑도 주방세제도 필요했던 것이다. 나는 또 주방세제와 같은 간단한 생활용품을 들여놓기 시작했다. 그렇게 사무실에 필요한 것을 점점 갖추다 보니 라면과 같은 식품이나 냄비 등의 식기류, 각종 생활용품, 청소용품, 공구 등 생활에 필요한 거의 모든 물품을 취급하게 된 것이다. 사무실이나 가정생활이나 사람이 사는 환경이니 필요한 물품도 같았던 것이다.

그렇게 사무실 사람의 요구에 부응하면서 물품을 구비해 나가다 보니 어느덧 사무실에 필요한 대부분의 물품을 갖추게 되었다.

"필요한 모든 제품을 한 곳에서 쇼핑할 수 있게 하자."라는 생각에 이르러, 사무실에서 필요한 물건은 다 있다는 의미의 '다다오피스'라는 이름을 붙이고 매장을 열게 된 것이다.

〈다다오피스 매장 내부〉

다다오피스 건물을 처음 지었을 때도 나는 항상 고객의 요구에 귀를 기울였다. 인터넷 쇼핑몰과 작은 매장만 운영하다가 1,000평 규모의 매장을 지어 놓으니 운영 경험도 없는 데다, 이 넓은 곳을 무엇으로 채울 것인가가 고민이었다. 그때 나는 매장을 돌아다니며 고객들이 무엇을 필요로 하는지 열심히 받아 적고 그것을 바로 바로 갖다 놓았다. 고객이 물건이 없어 그냥 돌아가려고 하면 "고객님, 무슨 제품인지 알려만 주십시오. 곧 갖다 놓겠습니다."라고 말씀 드리면서 고객에게 최대한 정보를 얻어 냈다. 정보를 준 고객에게는 볼펜이나 연필과 같은 작은 선물로 보답하는 것도 잊지 않았다.

하루는 어떤 고객이 와서 투명한 박스 테이프를 찾았다. 제품이 있는 곳으로 안내했지만 고객은 자기가 찾는 테이프가 아니라는 것이다. 그 고객에게 어떤 제품을 원하는지 물어보니 공업용으로 된 두껍고 많이 감긴 테이프를 찾는다고 했다. 알고 보니 대구 침산동 지역이 공단지대라 뭐든지 대용량으로 된 공업용 제품을 많이 찾았던 것이다. 우리는 곧 사람들의 요구대로 공업용 제품들을 구비했다. 이런 식으로 침산동 다다오피스 매장은 고객들이 준 정보를 바탕으로 채워 나갔다.

신학기가 되면 학생들과 부모님들이 신학기 용품을 사러 온다. 그러면 우리는 1층 매장 중간 매대에 신학기 용품만을 모아 한 바퀴만 돌면 신학기에 필요한 모든 물품을 구비할 수 있도록 상품을 진열해 놓는다. 그러면 고객들은 2층까지 올라갈 필요 없이 신속하고 편리하게 쇼핑을 할 수 있다. 또 학교마다 준비물 목록이 있는데, 학부모들이 목록을 들고 오면 양해를 구해 목록을 복사해 놓고, 고객들이 오면 바로바로 안내를 해 준다. 고객들은 학교 이름만 대면 무엇을 사야 할지 안내 받을 수 있게 된다. 물론 이런 정보를 준 고객들에게는 학용품이나 음료수로 감사한 마음을 반드시 전한다.

공단 지대라 다문화 가정도 많은 편이다. 한국말이 서툰 외국인 엄마와 나이 많은 아빠를 둔 초등 1학년생 가족이 오면 사야 할 물품을 적어 오고도 그것이 무엇인지 몰라 헤매는 경우가 많다. 그럴 때도 우리는 직원들이 따라 붙어 일일이 물건을 챙겨준다.

주위 어떤 매장을 가도 이런 서비스를 제공하는 곳은 드물다. 이런 것이 찾아가는 서비스요 고객을 감동시키는 서비스다.

매장을 열고 정보가 부족한 상황에서 우리는 매년 이런 식으로 데이터를 쌓아 나갔다. 고객의 한마디 말을 주워 듣기 위해 늘 따라 붙었고, 칭찬이든 불만이든 놓치지 않고 그대로 판매 전략에 반영했다. 그렇게 열심히 고객의 말을 들어주니 고객들이 감동했고, 입소문도 퍼져나갔으며, 매장 매출도 상승세를 이어 나갔다.

모든 정보는 고객에게 있었다. 고객의 말에 귀 기울일 때 최선의 영업 전략이 나오고, 매출증대라는 결과가 나온다. 이제 '다다오피스'는 오피스 물품뿐만 아니라 서비스까지 다 있다는 뜻으로 그 의미가 확장된 셈이다.

03

인터넷 쇼핑몰 1등 비결

'먼저 손해 본다'는 개념이 내 사업이나 인관관계의 핵심이라고 앞서 말한 바 있다. 이런 생각은 온라인에서나 오프라인에서 고객을 대할 때 철저히 적용시켰다. 진정한 서비스도 여기에서 나온다. 고객이 요구할 때 제공하면 진정한 서비스가 아니다. 말하기 전에 먼저 가서 채워주는 서비스가 진정한 서비스다. 그것이 먼저 손해 보는 것이기도 하다. 심지어 요즘 고객들은 서비스에 대한 만족을 넘어 놀라움의 수준이라야 진정한 서비스라고 생각한다.

나는 10여 개의 인터넷 쇼핑몰을 갖고 있다. 폐카트리지 수거 사이트인 '잉크통 4989', 잉크 토너 할인몰 '토너짱', 잉크 토너는 물론 문구와 생활용품을 동시에 판매하는 종합 쇼핑몰 개념의 '다다오피스', 판촉물 전문 할인몰 '기프트옥션' 등이 대표적인 사이트다.

현재는 판촉물, 문구 사무용품, 생활 용품, 환경구성 용품, 화방 용품 이런 것을 모두 묶은 개념의 도매 종합쇼핑몰 '다다플러스 www.dadaplus.com'를 준비 중인데 막바지 작업을 하고 있다. 화방전문 쇼핑몰도 오픈을 준비 중에 있는데 상당한 기대를 하고 있다.

이런 쇼핑몰들이 업계 1위를 할 수 있었던 것은 남들이 하지 않는 것들을 최초로 시도했기 때문이다. 이것도 먼저 손해 본다는 개념과 통한다. 경쟁업체와의 경쟁에서 이기고 싶은가? 경쟁업체가 제공하지 않는 서비스를 제공하라. 그러면 고객은 나에게 올 수밖에 없다.

처음 인터넷 쇼핑몰을 창업했을 때 가장 먼저 신경 쓴 부분은 고객과의 '신뢰'를 쌓는 일이었다. 당시에는 인터넷 쇼핑몰 사기가 심심찮게 뉴스에 나왔다. 돈을 받고도 물건을 보내주지 않는 파렴치한 사기꾼들이 많았다. 나는 고객들의 그런 불안감을 해소시켜주기 위해 실시간으로 주문 건수 및 실시간 진행상황, 실시간 회원가입까지 쇼핑몰에 오픈했다. 고객이 주문하면 이름과 결제 상황이 바로 뜨고, 주문접수 후에는 배송준비인지 발송완료인지 실시간으로 화면에 띄워 주고 문자로도 전송해주었다. 문자 발송은 주문내역이 맞는지 확인하라는 차원에서 제공한 서비스였는데 그렇게 함으로써 고객은 내 주문이 제대로 들어간 것을 확인할 수 있어 안심을 하

게 된다. 처음에는 믿음을 주기 위해 주문 고객의 지역까지 공개하기도 했다. 이런 것들을 오픈함으로써 신뢰를 쌓아 나갔던 것이다.

'24시간 내 배송'도 획기적인 것이었다. 당시에는 24시간 내 배송이 거의 없었다. 오늘 주문하고 내일 받아보는 것이다. 오후 6시 전까지만 주문하면 전국 어디라도 다음 날 바로 받아 볼 수 있는 것이다. 이런 것을 광고에서도 강조했다. 주문해놓고 언제 올지 기다리는 것, 고객 입장에서 애가 탈 수 있는 일이다. 요즘은 배송이 빨라졌지만 당시만 해도 그렇지 않았기에 나의 이런 생각은 정말 새로운 시도였고 놀라운 아이디어였다.

여기에 덧붙여 배송추적도 실시간으로 바로바로 할 수 있게 했다. 택배 송장번호와 쇼핑몰 주문번호를 링크시켜 고객이 본인의 휴대전화 끝자리 4자리만 입력하면 배송 추적을 바로 할 수 있게 했다. 정말 편리하지 않은가? 아직까지도 많은 쇼핑몰들은 고객이 택배 송장번호를 물으면 전화상으로 불러주는 데 그친다. 그러면 고객은 송장번호를 받아서 택배사에 들어가 송장번호를 입력하고 배송 추적을 직접 해야 하는데, 나는 10년 전부터 이런 번거로움을 아이디어 하나로 손쉽게 해결한 것이다. 그렇게 하니 고객들이 어디까지 배송됐는지 묻지도 않았다. 본인들이 바로 확인할 수 있기 때문이다. 고객의 편의를 생각한 결과 우리 업무도 한결 손쉬워진 것이다.

불량이 났을 때도 나는 무조건 '선발송 원칙'을 고수했다. 재생잉크 토너가 불량 나면 이유 여하를 묻지 않고 새 제품으로 선발송한다. 그리고 불량 난 제품은 나중에 돌려받는다. 다른 업체 같으면 불량 나면 불량을 확인한 뒤에 새 제품으로 교환해주거나 AS를 해준다. 하지만 우리는 무조건 선발송이다.

그렇게 해도 내가 손해 보는 경우는 거의 미미한 수준이다. 고객의 신뢰가 우선이기에 이런 것은 손해라고도 볼 수 없다. 이렇게 먼저 손해 보면 고객은 믿음을 줄 수밖에 없다. 거기다 우리 쇼핑몰의 잉크토너 AS기간은 3년이다. 대체 어떤 곳이 3년 동안 AS를 해준단 말인가? AS 기간이 3년이니 고객들이 믿고 구입하지 않겠는가?

견적서나 거래명세표, 간이영수증, 현금영수증, 카드 영수증, 세금계산서 등 각종 양식도 고객이 쇼핑몰에서 직접 손쉽게 뽑아 볼 수 있도록 했다. 영수증이나 거래명세표 하나 뽑으려고 업체에 전화해서 팩스로 받아 보아야 하는 번거로움을 단번에 해결한 아이디어다. 사업체 등에서 사무용품을 사고 견적서를 뽑아 달라고 하면 중간 절차 때문에 번거롭다. 그런 수고로움을 알기 때문에 결제 전에 미리 뽑아볼 수 있게 장치를 다 마련해 놓은 것이다.

그 외에도 인터넷을 못하는 사람을 위한 팩스 주문서 출력이나, 관공서나 공공기관, 학교 등의 후불결제 서비스 등 고객이 원하는 것은 모두 스스로 해결할 수 있도록 프로그램을 업데이트 시켜 나갔다.

또한 불친절 신고 센터나 고객제안 코너를 만들어 쇼핑몰 이용 중 불편사항이나 개선사항, 상담원의 불친절내용 등을 올리게 했고, 그 내용을 사장인 내 휴대폰으로 바로 날아오도록 만들어 고객들의 목소리가 바로 반영되게 했다. 이런 것들이 찾아가는 서비스다.

나는 고객의 소리도 가감 없이 오픈했다. 그리고 고객센터에 문의가 들어오면 5분 내로 답변하라고 지시했다. 어떤 쇼핑몰은 부정적 내용을 지우거나 고객 게시판을 아예 운영하지 않는 곳도 있다. 하지만 나는 어떤 내용이 올라오든지 있는 그대로 공개했다. 부정적 내용이라면 제대로 처리해주면 될 일이고, 잘못한 일이라면 인

정하고 사과하면 되는 일이다. 그런 것들까지 보여주어야 고객들에게 진짜 신뢰가 쌓이는 것이다.

위에서 말한 이런 것들이 모두 '먼저 손해 보겠다'는 마음가짐에서 출발한 것이며, 고객에 대한 믿음에서 나오는 것이다. 내가 이렇게 고객과 철저하게 신뢰를 쌓아 나갔기에 고객들은 우리 업체를 1위로 만들어 주었다. 바꿔 말하면 이런 노력들이 바로 업계 1등의 비결인 것이다. 이렇듯 손해 본다는 마음 자세는 멀리 보면 더 큰 것을 가져다준다. 그러니 고객을 위해 먼저 손해 안 볼 이유가 없지 않는가?

04

신용은 가장 큰 자본금

나는 줄 돈은 철저하게 준다. 내가 빚을 지더라도 거래처 결제 날짜는 반드시 지켜야 한다는 것이 내 철칙이고 성공 비결이다.

장사를 하려면 싼 값에 제대로 된 물건을 받아야 한다. 그러려면 매입처로부터 신용을 쌓는 일이 가장 급선무다. 신용을 쌓는다는 것은 정확한 결제일에 어음이 아닌 현금으로 꽂아주는 것이다. 내가 철저하게 신용을 지킨 덕분에 '다다오피스에 물건 주면 돈은 안 떼 먹힌다'는 인식이 퍼져 서로 싸고 좋은 물건을 주려고 했다. 그런 것들이 경쟁력이 되어 이 자리까지 온 것이 아닌가 생각한다.

하루는 매입처와 장부가 안 맞은 적이 있다. 거래처에서는 1천만 원어치 물건을 팔았다는데, 우리한테 들어온 물건은 9백만 원어치 밖에 안 되는 것이다. 아내는 장부를 맞추느라 거래처 사모님과

하루 이틀을 허비했다. 결제 날자는 말일인데 그 날짜까지 지나치고 말았다. 결제 일을 하루라도 넘기면 그동안 쌓아 놓았던 신용이 무너질까 봐 평소 철저하게 관리해 왔는데, 아내는 장부가 안 맞는다며 쉽게 나의 원칙을 무너뜨린 결과가 되었다. 물론 아내가 결제를 안 하겠다는 것이 아니라 정확하게 하려고 그런 것이지만 나는 화가 났다. 조금 손해를 보더라도 결제를 먼저 해 주는 것이 내 원칙에 맞았기 때문이다.

그래서 아내에게 "맞는 부분만이라도 주어라. 다 맞춘다고 돈을 안 주면 어떻게 하냐?"며 역정을 냈다. 이렇듯 나는 거래처와의 금전 거래는 철저하게 약속을 지키며 신용을 쌓아갔다.

원래 도매업체들은 일 년을 장사하면 한 달 치는 날린다고 봐야한다. 돈을 떼먹는 업체들이 매우 많다는 얘기다. 그런데 우리는 업체들 사이에서 '물건이 들어가면 돈을 반드시 준다'는 인식이 퍼져서 덤핑을 잡거나 싼 물건이 있으면 자꾸 밀어 주었다.

자금이 없어서 물건을 당장 매입할 형편이 안 될 때도 결제는 몇 개월 뒤에 해도 좋으니 좋은 덤핑 물건부터 받아 놓으라고 했다. 거래처들의 그런 믿음은 내가 언제 돈을 준다고 하면 그 날짜에는 반드시 준다는 확고한 믿음이 있기에 가능한 것이었다.

어음은 어떻게 생겼는지 구경해 본 적도 없고 돌려 본 적도 없다. 타 업체의 경우 납품을 받고 한 달 뒤에 결제한다고 해놓고는

한 달 뒤에 3개월짜리 어음을 끊어주는 경우도 허다하다. 하지만 나는 한 달 뒤에 결제하겠다고 약속하면 돈을 빌려서라도 약속을 지켰다. 그러니 매입처나 매출처로부터 신용도가 상당히 높았다.

그래서 그런지 한 번도 돈을 떼먹은 적도 없지만 떼인 적도 없었다. 물론 관리를 제대로 못해 소소한 금액 정도는 모르고 지나치는 경우가 있긴 했지만 큰 액수를 못 받거나 한 적은 없었다.

사업을 잘하다가 중간에 거래처로부터 현금 회수가 안 돼 흑자부도가 나서 실패하는 경우도 종종 있다. 그러지 않기 위해 더욱 철저하게 나부터 신용을 쌓아가라고 말하고 싶다.

나는 직원들도 하나의 고객이라고 생각한다. 직원들과의 신뢰도 중요하기 때문에 월급날은 철저히 지킨다. 만약 월급날이 휴일이거나 연휴이면 2~3일 당겨서 주었다. 월급을 2~3일 당겨서 준다는 것은 상당히 어려운 일이다. 거래처 약속은 지켜야 되는데 현금이 모이지 않는 상황이 오면 더욱 힘들어진다. 하지만 그런 원칙을 한 번도 어겨본 적이 없다. 월급쟁이에게 월급은 한 달 치 계획이나 다름없는데, 월급이 하루 늦어지면 하루만큼 차질을 빚게 된다는 것을 잘 알기 때문이다. 내 월급을 밀어 넣어도 해결되지 않으면 마이너스 대출을 받아서라도 월급날을 지켰다. 월급이 늦어지면 직원들이 얼마나 불안하겠는가? 그런 것을 알기에 힘들어도 티를 내지 않았다. 사장은 직원들에게 힘든 것을 그대로 드러내면 안 된다.

이제는 직원들도 내가 월급날 하나만큼은 철저하게 지킨다는 것을 안다. 그러니 애사심을 가지고 더 열심히 일하는 것 아닐까. 이런 것들이 결국 사업체를 더 강건하게 만드는 것이다.

05

폭리를 취하면 사기꾼이다

　장사가 잘되려면 입소문이 좋아야 한다. 업종마다 다른데, 음식점은 맛이 좋아야 하고, 병원은 진찰과 처방을 잘 해야 하며, 유통업은 '가격'이 싸야 한다. 음식점 음식이 맛이 있으면 욕쟁이 할머니가 제아무리 막말을 퍼붓고, 찾아가는 길이 불편해도 그것을 감수하고라도 찾아간다. 유통업은 뭐니 뭐니 해도 가격이다. 가격 싸면 입소문이 좋게 나게 되어 있다.

　우리 매장에서는 문구류 같은 경우 90% 이상의 제품을 30% 할인된 가격에 판매한다. 기업체나 사무실의 경우는 거기서 추가로 5% 더 할인해 준다. 우리 매장에 한 번 와본 사람들은 대체적으로 가격이 싸다는 말을 많이 한다.

　가격은 의지의 문제다. 내가 폭리를 취하면 폭리를 취한 만큼 소비자는 손해를 보고, 내가 마진을 적게 가져가면 그만큼 또 소비자가 덕을 보는 것이다. 상대적인 개념이다.

　가격은 소비자와 사업자 간에 어느 정도 인정해주는 선이 있다. 매장 운영비, 홍보비, 인건비 등 고객도 인정해주는 선이 있는 것이다. 그 선을 지켜야지 너무 폭리를 취하려 하면 그것은 사기나 마찬가지다. 고객이 인정할 만한 가격, 그런데도 싸다는 인식을 줄 수 있으면 최고의 판매 전략이 아닐까? 그래서 우리 매장의 곳곳에는 이런 문구가 적혀있다.

　"왜 싸게 못 팔아 그것은 의지의 차이!"

〈다다오피스 외경과 할인 안내 현수막〉

06

우리 매장만의 독창적 아이디어

매장에서는 카운터에서 계산하고 관리하는 프로그램인 '포스 프로그램'을 사용한다. 주로 이미 개발된 프로그램을 사용하는데, 우리 매장에서는 기존 포스 프로그램이 용도에 맞지가 않았다. 도매 가격도 A단가, B단가, C단가가 있고, 많이 사면 구매량에 따라 차등을 두어 더 싸게 주어야 하는 등 다른 유통업체와 다른 점이 많았기 때문이다. 그래서 우리는 자체 포스 프로그램을 개발했다. 우리가 화면구성이나 메뉴를 모두 설명해주면서 프로그래머와 거의 공동개발하다시피 했다.

문구점에 가면 종이를 계산하는 것이 어렵다. 파인애플지, 구김지, 타공지, 머메이드지 등 종이 종류도 많은데 종이마다 바코드가 없기 때문에 종이에 대해 잘 아는 능숙한 직원이 아니면 계산하기

〈다다오피스만의 포스 시스템〉

가 참 까다롭다. 이층 문구 매장에서 고객들이 여러 가지 종이를 뽑

아 와서 1층 계산대에서 계산을 하려면 신입직원이나 아르바이트

생들은 난감하기 그지없다. 그래서 문구점에는 종이 종류와 가격을 잘 아는 숙련된 직원이 카운터를 지키고 있어야 한다.

나는 이 문제를 고민하기 시작했다. 누구나 손쉽게 계산할 수 있는 방법이 없을까? 생각에 생각을 거듭하고 있던 어느 날, 대형 마트에서 감자와 고구마를 판매하는 것을 보게 되었다. 감자와 고구마도 바코드가 없기는 마찬가지다. 매장 직원이 감자의 무게를 달고 그에 해당하는 가격의 바코드를 뽑아 붙여 주면 고객은 카운터에 가서 바코드만 찍으면 계산이 되는 것이다.

"유레카! 종이도 저렇게 하면 되겠구나!"

종이 이름과 장수를 확인해서 바코드를 뽑아 붙여오면 카운터에서 쉽게 계산할 수 있겠다는 생각이 들었다. 그래서 우리는 종이 이름과 장수를 누르면 바코드가 발생되는 지류포스 프로그램을 전국 최초로 만들었다. 손님이 종이를 어디서 뽑았는지 알면 종이 이름은 지류 장 위에 적혀 있으니까 확인해서 누르고 장수만 누르면 바코드가 생성되는 것이다. 종이를 돌돌 말아 바코드만 붙여주면 1층 계산대에서는 바코드를 찍어 계산만 하면 되는 것이다.

그런데 그러려면 지류 쪽에 직원이 늘 상주하고 있어야 하는 문제점이 또 발생했다. 손님이 종이를 고르면 바코드를 뽑아줄 직원이 필요한데, 종이를 찾는 손님이 늘 있는 것도 아니어서 이 문제를 어떻게 할까 또 고민했다. 그러다 식당에서 밥을 먹다가 벨을 눌러서 종업원을 부르는 것을 보고 무릎을 쳤다.

〈다다오피스 내 직원 안내요청벨〉

"저거다. 지류 쪽에 벨을 달아서 손님이 필요할 때 누르라고 하
면 되겠구나!"

우리는 지류 쪽에 벨을 붙이고, 매장 중간 중간에도 벨을 달았
다. 벨을 누르면 몇 번 지점에서 눌렀다는 것이 나오기 때문에 아무
직원이라도 그것을 보고 즉각 달려가면 된다. 그렇게 하니 직원을
줄일 수 있어 인건비가 절감되고, 손님들도 직원을 굳이 부르지 않
아도 되어 편리했다. 정말 기발하지 않은가? 이런 아이디어들은 다
른 데서도 많이 배워갔다.

내가 찾고자 한다면 이런 아이디어는 어디서나 얻을 수 있다. 문
제를 해결하려고 고민하는 사람 눈에는 보인다. 문제가 있는가? 해
결된다는 믿음을 갖고 둘러보라. 생각지도 못한 곳에 숨어 있던 해
결책이 눈에 띌 것이다.

07

거꾸로 된 이상한 조직도

우리 회사 조직도는 역피라미드 조직이다. 다른 회사에는 사장이 제일 위에 있고, 이사 상무 이런 식으로 가지를 치며 넓어지는데, 우리 회사 조직도는 직원이 제일 위에 있고, 사장이 제일 아래에 배치되어 있다.

나는 이것을 '그릇 이론'으로 설명한다.

직원이 있으면 직원을 관리하는 관리자는 직원을 담는 그릇이 된다. 부서장은 부서원을 담는 그릇이고, 사장은 부서장을 담는 그릇이 된다. 이런 식으로 내려가면 사장은 모든 것을 다 담는 그릇이 되어야 한다. 다 담으려고 하면 크고 넓고 가장 낮아야 한다. 그래서 나는 조직도 맨 아래를 자처했다. 관리자들 역시 직원들을 담으려면 직원보다 큰 그릇이 되어야 하고 직원을 섬기는 낮은 자세를 유지해야 한다. 피라미드 조직도는 사장이 꼭대기에 우뚝 선 느낌을 주지만 역피라미드 조직도는 아래에서 위를, 곧 직원들을 떠받들고 섬기고 있다는 느낌을 준다.

직원들은 고객과 직접 접촉을 하는 사람들이다. 직원들의 마음가짐이나 태도가 고객들에게 바로바로 전달되기 때문에 관리자들이 직원들을 지원하고 받쳐주지 않을 수 없다.

전쟁이 났는데 결정 권한이 없는 사병을 앞세워 놓고 알아서 싸워 이기라고하면 어떻게 될까? 우왕좌왕하다 사병들은 억울한 죽음을 맞고 전쟁에서 패하고 말 것이다. 그런 상황에서는 결정 권한이 있는 지휘관이 제일 앞장서서 상황 판단을 하고 명령을 내려 주어야 한다. 그래야 빠른 대처로 전쟁에서 승리할 수 있다. 우리 회사에서 제일 일을 많이 하는 직급은 대리다. 대리는 최전방에 배치된 소대장이라고 보면 된다. 나는 대리들에게 늘 직원들에게 갑질

하거나 함부로 대하지 말라고 한다. 직원들의 불편함이 없는지, 직원들이 필요한 것은 없는지 늘 파악해서 보고하라고 지시한다. 그러니 어떤 대리는 말단 직원에게 갑질 한 번 해봤으면 소원이 없겠다는 농담을 하기도 한다. 우리 회사에서는 대리가 그런 말을 하면 야단난다.

"대리님이 그러면 안 되죠."

직원들이 수시로 대리에게 대들고 요구한다. 위계질서가 없다고 볼 수도 있겠으나 나는 이런 모습을 보면 그만큼 의사소통이 잘 되고 있다고 판단한다. 소통이 자유롭지 못하면 있을 수 없는 일이기 때문이다.

나는 우리 회사 해결사다. 어떤 것이든 다 가지고 오라고 한다. 업무적으로 해결해 줄 것은 없는지, 직원들의 복지를 어떻게 할 것인지, 어떤 시스템이 불편한지를 들어주고 해결해 주는 자리다. 그러니 직원들은 나를 어렵게 대하지 않는다. 가끔 매장을 지나가는 나를 발견하면 "사장님, 배고파요. 맛있는 거 사 주세요."라며 스스럼없이 말한다. 사장이라고 나를 깍듯하게 대하는 것보다 언제든지 다가와 이것은 이래서 힘들고 저것은 저래서 어렵다고 말해 주는 것을 좋아한다. 직원들이 즐거워야 고객도 나도 즐겁기 때문이다.

08

실수는 시스템으로 막아라

어느 날 여직원이 숫자 하나를 잘못 입력해 문제가 발생했다. 그 여직원은 경위서를 썼을까? 우리 회사는 실수했다고 경위서부터 쓰라고 하지 않는다. 대신 시스템을 고쳤다.

사람은 누구나 실수할 수 있으니 사람의 실수는 시스템으로 막으면 된다. 그 여직원의 실수 이후 우리는 직원끼리 입력한 내용을 매일 크로스 체크하게 했다. 내가 입력한 것을 옆 직원이 한 번 더 확인하도록 한 것이다. 서로 체크해서 사인을 주고받은 다음 철을 해 놓으면 나중에 다시 관리자가 확인하는 것이다.

근무 태만이 아닌 이상 업무적 실수로 경위서를 쓰는 경우는 없다. 전날 술을 새벽까지 마시고 다음 날 지각을 하면 이것이야말로 경위서감이다.

일을 가장 많이 하는 사람이 옷을 가장 많이 버리는 법이다. 업무가 많으면 실수도 많아지게 되는 법, 실수를 줄이도록 시스템을 정비해 가는 일이 가장 우선되어야 한다.

　인터넷 쇼핑몰을 하면 택배 미발송이나 오발송 문제가 자주 발생한다. 오발송이나 미발송은 상담업무를 늘리고, 재발송비 부담을 발생시켜 회사에 손해를 끼친다. 아무리 얘기해도 잘 고쳐지지 않았다. 직원들에게 야단치기보다 시스템에 문제가 없는지부터 점검했다. 한 사람이 물건을 챙기고 포장에 확인까지 하는 것이 문제였다. 한 사람이 다 하는 것보다 두 사람이 두 번 확인하면 실수를 줄일 수 있겠다는 생각이 들었다. 그래서 물건을 챙기는 사람 따로, 확인해서 포장하는 사람을 따로 두어 포장하는 사람이 최종 한 번 더 확인하고 책임을 지게 했다. 최종 확인자는 회사에서 보관하는 송장에 자신의 이름이 새겨진 확인 도장을 찍도록 해 책임소재를 분명히 했다. 그렇게 했는데도 오발송이나 미발송이 생겨 고객 상담실로 클레임이 들어오면 그때는 최종 확인자에게 스티커를 붙이도록 했다. 오발송 스티커는 빨간색, 미발송 스티커는 파란색 이런 식으로 색깔별로 해서 붙이도록 했는데 스티커가 자꾸 쌓인다고 벌칙을 주거나 불이익을 주지는 않는다. 다만 스스로 보고 깨닫게 하는 것이다. 스티커 표는 전 사원에게 공개되니 누가 말하지 않아도 스스로 압박감을 느끼고 고치려 하기 때문이다.

봉덕동 매장에서 있었던 일이다. 조직은 갑자기 커지는데 출근 시간을 제대로 지키지 않아 고민이었다. 출근 시간에서 10분, 20분 늦는 일은 예삿일이었다. 매일 늦는 사람은 습관이 되어 아무리 말해도 고쳐지지 않았다. 그래서 나는 1분 늦는데 백 원의 벌금을 부과하기로 했다. 백 원을 우습게 생각하고 자꾸 늦으니 10분이면 천 원, 20분이면 2천 원 이런 식으로 늘어나 한 달이면 몇 만원이 되는 것이다. 나는 그렇게 모인 돈은 회식비로 사용하게 했다. 백 원이 아무것도 아닌 것 같아도 자꾸 넣다 보면 돈이 문제가 아니라 스스로 창피하고 지각했다는 사실을 자각하게 된다. 그러면 굳이 얼굴 안 붉혀도 나쁜 습관이 고쳐진다. 지금은 단 한 명도 지각하지 않는다. 그래서 벌금제도는 사라진 지 오래다.

한번은 상습적으로 지각하는 직원에게 연말 종무식에서 '박카스상'이라는 것을 주었다.

"당신은 항상 피로가 누적되어 지각을 자주 하니 이것을 마시고 지각하지 말라고 이 상장을 수여합니다. 부상으로 박카스 한 박스를 드립니다."

직원들이 웃고 난리가 났다.

상을 받아서 기분이 좋긴 한데 당사자는 뭔가 찜찜했을 것이다. 실수한다고 야단칠 필요 없다. 자유로운 분위기 속에서 고쳐나가도록 시스템을 바꿔주면 되는 것이다.

09

특별명령 "매대를 높여라"

우리 다다오피스의 연 매출은 백억 원 쯤 된다. 이마트나 홈플러스와 같은 대형 유통 업체를 제외한 유통 업체에서 연 매출 백억 원이면 상당히 높은 것이다. 이러한 매출은 아무도 시도하지 않았던 것을 최초로 시도했고, 성공시켰기 때문에 가능했다.

남들이 하는 것을 따라하면 1등을 할 수 없다. 우리 매장 곳곳에는 전국 최초 개념이 많은데, 그 중의 하나가 진열장 즉 매대를 높인 것이다.

일반 문구점 판매 진열장 높이는 대개 150cm다. 우리 매장은 210cm로 다른 데보다 60cm가 더 높다. 벽 쪽은 20cm가 더 높은 230cm다. 100평 규모의 매장이라고 한다면 진열장을 높임으로써 150평 이상의 효과를 누릴 수 있는 것이다.

〈매장 내 높은 매대〉

100평 매장에 진열장 높이가 150cm이면 매장 위쪽이 뻥 뚫려 보기도 좋고, 도난 방지에도 효과적이기는 하다. 그러나 물건을 많이 진열할 수 없고 진열장 간의 폭도 좁아져 고객들끼리 바구니를 부딪치는 등 쇼핑에 불편함이 있다. 거기다 진열장 간 폭이 좁으니 상품 바로 앞에서 물건을 보게 되어 소비자의 시야가 좁아진다. 뒤로 물러나서 볼수록 더 많은 상품이 시야에 들어온다는 것을 생각하면 이해가 될 것이다. 이 말은 곧 고객들에게 상품이 덜 노출된다는 뜻으로, 매출도 적어질 수 있다는 얘기다.

우리는 진열장을 210cm로 높이고 통로를 넓혔다. 다른 데와 달리 대형마트처럼 카트를 사용하기 때문인데, 라인 사이를 넓게 해 두 대의 카트가 교행될 수 있도록 한 것이다. 동종 업계에서 바구니가 아닌 대형마트처럼 카트를 사용한 곳도 아마 전국 최초일 것이다.

사무실 고객들은 밀대부터 파일케이스, 화장지, 종이컵, 대용량 커피와 같은 부피가 큰 제품들을 구매하기 때문에 우리 매장에서 는 바구니로는 안 된다. 카트를 제공함으로써 마트처럼 편하게 물 건을 구매할 수 있는 것이다. 거기다 신열장의 높이가 높고 진열장 간의 넓이가 넓어 고객의 시야를 많이 확보할 수 있어 보다 많은 상 품을 효과적으로 노출시킬 수 있다. 상품이 많이 노출된다는 것은 판매도 늘어난다는 것이다. 간단한 논리다. 진열장을 높임으로써 결국에는 매출 증대 효과를 누릴 수 있는 것이다.

문구 업계에서는 마치 약속이나 한 것처럼 진열장 높이를 150cm로 하고 있다. 1cm 높이면 큰일 나는 줄 안다. 과감히 높이 지를 못한다. 나는 상품이 노출될수록, 진열 상품 수가 많을수록 판 매액이 늘어난다는 논리를 믿었기 때문에 모두 반대하는 것을 밀 어붙였다.

사실 여기에 대한 확신은 예전에 읽었던 크리스 앤더슨의 '롱테 일법칙'이라는 책에서 얻었다. 한국말로 풀이하면 '긴꼬리 법칙'인 데 앤더슨의 주장에 따르면 많이 판매되는 상품 순으로 그래프를 그리면 적게 팔리는 상품들의 그래프 높이는 낮지만 긴 꼬리처럼 길게 이어진다고 한다. 이 긴 꼬리에 해당하는 상품의 매출을 모두

합치면 많이 팔리는 상품을 넘어선다는 뜻에서 '롱테일 법칙'이라고 이름 지었는데, 매출의 80%는 20%의 주력상품에서 나온다는 파레토의 80:20의 법칙과는 반대되는 이론이다. 파레토의 법칙을 따르면 잘 팔리는 상품 20%에 주력하는 것이 맞지만, '롱테일의 법칙'에 따르면 많이 팔리지는 않지만 틈새상품들, 개별 상품들을 골고루 많이 갖춤으로써 히트상품 못지않은 매출을 올릴 수 있는 것이다.

〈매장에서 사용하는 카트〉

나는 여기에서 힌트를 얻어 한정된 공간에서 최대한 다양한 상품을 구비한다면 무조건 객단가가 놓아질 것으로 확신했다. 제한된 공간 내에서 좀 더 많은 상품을 진열할 수 없을까 고민하던 중 매대 높이를 높이면 되겠다는 생각이 들었던 것이다.

직원들은 진열장을 높여 버리면 사람이 보이지 않아 도난의 위험이 많고 보기에도 답답할 것이라며 말렸다. 하지만 그것은 판매자의 시각일 뿐 고객의 입장에서 보면 달라진다.

"무조건 아니라고 말하지 말라. 나의 논리가 틀렸으면 나를 설득시켜라."

"만약 도난이 문제라면 피해액을 넘어서는 수익을 남기면 되는 것 아니냐? 매대를 높이면 더 많은 상품이 진열되고 더 많이 팔릴 것이다. 도난 비용을 상쇄시키는 몇 배의 수익이 분명 남는다. 내 생각이 틀렸냐?"

"매대를 낮추면 보기는 좋다. 그런데 적은 수량의 상품을 진열하는 것과, 매대 높이를 높여 많은 상품을 진열하는 것 중 어느 것이 매출이 높을까 생각해보라. 진열 상품 수량을 늘리고 쇼핑하기 편하도록 통로를 넓게 주는 것이 매출에 어떤 영향을 줄지 생각해보라는 것이다."

직원들은 아무 대답을 하지 못했다.

아무리 생각해도 나는 내가 주장하는 것에 대해 어떤 점이 틀렸는지 알 수 없었다. 앞부분은 낮추고 뒤로 갈수록 점점 높이자는 절충안도 있었지만 대안이 되지 못했다. 그래서 결국 진열장 높이를 60cm 더 높였다. 결과는 엄청난 매출 증대로 나타났다.

진열장의 배열도 바꾸었다. 계산대에서 보았을 때 세로배열을 했더니 중앙통로를 타고 들어가면 앞부분은 잘 보이는데 진열장 너머 뒷부분이 안 보이는 맹점이 있었다. 나는 또 배열을 바꾸자고 했다. 계산대에 섰을 때 중앙통로를 사이에 두고 양쪽으로 가로배열해 보니, 중앙통로로 지나가면서 고개만 돌려도 양쪽 모든 통로가 눈에 들어오고 통로 사이에 어떤 물건이 있는지 한눈에 들어왔다. 그렇게 진열 방식을 바꾸니 매장 평수는 같은데 객단가가 3천 원이나 높아졌다. 객단가 3천 원이면 하루 천 명의 손님이 온다고 가정했을 때 하루 3백만 원, 한 달이면 9천만 원의 매출 차이가 나는 것이다. 엄청난 차이 아닌가?

고정관념에 얽매이지 말라. 문구점 매대 높이는 150cm로 정해진 것이 아니다. 대체 누가 그렇게 정해 놓았는가? 아무리 생각해도 도난 방지를 위한 판매자의 장치라고 밖에 생각이 들지 않는다. 판매자의 시각이 아닌 고객의 시각에서 보면 단점들이 보인다. 남들이 다 하는 것, 늘 보던 것이 정답이 아니다. 한 번쯤 의심해보고 뒤집어 보는 자세가 필요하다.

10

다르게 보면 제대로 보인다

다른 사람을 따라했으면 나는 여기까지 오지 못했다. 늘 하던 대로 하고, 남들이 하는 것을 따라하고, 변화되는 것을 귀찮아했다면 아직도 조그만 매장에서 복사용지를 배달하며 살고 있을 것이다. 생각이 그러하면 늘 그 수준에 머무르고 만다.

남들이 다 맞다고 해도, 남들이 다 틀렸다고 해도 정말 맞는지 틀렸는지 의심해 보라. 어쩌면 거기서 성공의 열쇠를 발견할지도 모른다.

매장을 낼 때의 일이다. 처음 봉덕동에 매장을 낼 때 소위 문구업계의 전문가라는 사람들은 다 그 자리를 반대했다. 가게 앞에 인도가 없어 걸어 다니는 사람이 없었던 것이다.

"사무실이 어디 있노? 유동인구가 어디 있노?"

하지만 난 차량이 많이 지나다니는 것을 보았다.

"차 안에는 분명 사람이 타고 있지 않느냐? 그 사람은 사람이 아니냐?"

차를 타고 다니며 분명 매장을 보게 될 것이고, 그것이 곧 홍보라고 생각했다. 사람들은 그런 나를 반신반의하며 걱정했다. 하지만 매장을 시작한 후 내 예상이 맞았다는 것을 확인시켰다. 거기서 매장 오픈 후 1년 정도 지나자 한 달에 5-6백만 원의 순수익이 올라왔다.

다다오피스 대구 북구 침산동 본점 매장도 마찬가지다. 여기는 공장지대여서 지나다니는 사람이 많지 않았다. 업계 사람들은 유동인구가 없다고 매장 짓는 것을 반대했다. 나는 걸어 다니는 사람만 유동인구로 보지 않는다. 내가 본 것은 차량 이동량이었다. 우리 매장은 소량 구매자가 타깃이 아니라 사무실이 타깃이기 때문에 물건만 싸고 좋으면 차를 끌고 올 것이라고 생각했다. 대형 마트 개념으로 생각한 것이다. 차를 대기 쉽게 하고 차량 소통이 잘되는 곳이면 아무리 외곽에 있어도 찾아올 것이라는 믿음이 있었다. 그래서 건물을 지을 때도 유동인구보다 주차 공간 확보를 먼저 생각했다. 바로 들어와 주차를 할 수 있도록 건물 앞쪽으로 주차장을 배치했다. 대부분 건물이 잘 보이도록 건물은 앞쪽에 주차장은 뒤쪽으로 배치하지만 그렇게 하면 주차가 불편해지고, 주차가 불편하면 담배 한 갑 사고 싶어도 망설여지게 된다. 주차장을 전면 배치하면 잠시 들어와 간단하게 물건을 사고 금방 빠질 수 있기 때문에 고객들에게 편리하다.

거기다 사무실 직원들은 필요한 물건을 목록을 적어서 오는 경우가 많다. 일반 마트처럼 충동구매가 아니라 목적구매를 하기 때문에 목적만 해소되면 바로 빠진다. 그렇기 때문에 더더욱 주차공간의 편리성이 강조돼야 했다.

대구 달서구 유천동 다다오피스 매상도 유동인구가 없는 곳이다. 대신 동시 주차 500대를 할 수 있는 넓고 편리한 주차공간 때문에 매장 입지를 결정했다. 걸어 다니는 사람들은 대부분 개인 고객이기 때문에 객단가가 낮을 수밖에 없다. 하지만 차를 끌고 쇼핑을 하러 오는 사무실 사람들은 기업체 고객이기 때문에 객단가가 높을 수 밖에 없다. 사람들이 반대해도 나는 그것을 보고 매장을 오픈했고, 내 예상대로 유천동 매장도 매출이 빠른 속도로 증가하고 있다.

많은 사람들이 반대했지만 나는 다른 것을 보았고, 다르게 생각했다. 그때 사람들의 말을 들었다면 이런 결과도 없었을 것이다.

대구 북구 침산동 다다오피스 건물을 지을 때 매대 높이로도 직원들과 설전을 벌였다. '많이 노출되는 만큼 많이 팔린다.'는 신념으로 나는 매대를 높일 것을 주장했지만, 직원들은 '옆에 사람이 안 보일 정도로 꽉 막힌다. 다른 문구점에 가 봐라. 다 150cm다.' 라는 논리로 나를 설득하려 했다.

"매대가 낮으면 보기 좋다. 근데 매출이 늘어나느냐?"

아무 직원도 여기에 대해 말을 못했다.

"나를 설득시킬 자료를 가지고 와라. 내 논리를 반박할 자료를 들이대라. 그러면 내가 포기하겠다."

대안 없이 무조건 반대하는 것은 설득력이 없다. 나는 격론 끝에 나의 뜻을 관철시켰다. 매대도 높이고 천정도 높였다. 결과는 내 생각대로였다.

사람들은 안 되는 점만 보고 반대한다. 하지만 나는 되는 점을 보고 추진한다. 사람들이 못 보는 부분을 볼 수 있어야 그곳에 사업의 기회가 있다.

04

창조적
파괴만이
살 길이다

01

앉아서 보고하고 서서 보고를 받다

대구 침산동 다다오피스 회의실에는 동그란 원탁이 있다. 그 원탁에는 큰 의미가 있다. 바로 '평등'이다. 어디를 앉아도 똑같은 거리를 유지하고, 어디가 상석이고 어디가 말석인지 구분이 없다. 내 경영 철학이 투영돼 있는 물건이다.

회사 일을 논의할 때만큼은 평등해야 한다. 평등한 자격으로 회의에 참석하고 누구든지 편하게 발언할 수 있어야 한다.

〈직원들이 함께 회의하는 '평등' 원탁〉

보통 회사에 가면 직사각형 모양의 테이블에 둘러 앉아 회의를 한다. 상석에 사장이 앉고 상무, 이사 이런 식으로 서열에 맞게 자리가 정해져 있다. 서열이 낮은 직원은 제일 끝에 앉아서 회의에 참석한다. 그렇게 상하 구분이 분명한 자리에서 설령 말단 직원이 발언 기회를 얻었다 한들 제대로 의사표현을 할 수 있을까? 말단 직원의 생각까지 충분히 이끌어내지 못한다. 오히려 바싹 긴장해서 하려고 했던 말도 잊어버리게 될 것이다.

나는 권위적이며 경직된 회사 분위기를 만들고 싶지 않다. 원탁에 앉아 회의를 하는 순간만큼은 평등하게 모두에게 기회를 주고 싶었다. 열정이 있는 사람에게는 열정을 표출할 방법과 기회를 주어야 한다. 그 방법 중의 하나가 바로 '원탁'인 것이다.

틀에 갇혀 버리면 생각이 굳어 버린다. 너는 사장, 나는 직원 이런 식으로 형식에 가둬놓으면 사고가 유연해질 수 없다. 회사를 살리는 일에 사장 따로 사원 따로가 어디 있겠는가? 그래서 나는 권위를 잘 내세우지 않는다. 권위는 내가 세우는 것이 아니라 아랫사람이 스스로 세워 주어야 진정한 권위가 되는 것이다.

보고를 받을 때도 나는 종종 직원을 찾아간다. 바쁘게 일하는 직원 불러서 굳이 보고를 들을 필요는 없다. 내가 한가하니 내가 가서 물어보면 된다. 그래서 종종 이상한 광경이 벌어진다. 사장은 서서 보고를 받고 직원은 앉아서 보고를 하는 것이다. 거기다 내가 키가 크니 앉아 있는 직원은 올려 보느라 잔뜩 몸을 뒤로 젖혀야 하고, 나는 직원의 컴퓨터 모니터를 쳐다보고 귀를 기울여 듣느라 몸을 앞으로 잔뜩 숙인다. 거래처 사장님이 이런 광경을 보고 내가 마치 어린 선배에게 일을 배우고 있는 마흔 넘은 신입처럼 보인다며 농담을 한 적도 있었다. 일반 사람이 이 광경을 본다면 누가 사장이고 누가 직원인지 헷갈릴 것이다.

누가 서고 누가 앉았는지가 무엇이 중요한가? 중요한 것은 서로 대화를 한다는 것이다. 형식을 차려서 하는 것만이 보고는 아니지 않는가. 앉은 자리에서 얘기할 수밖에 없는 상황이면 그렇게 보고하는 것이 맞다. 길에 서서도 할 수 있고, 자판기 앞에서 커피를 마시면서도 보고는 할 수 있는 것이다.

이렇게 자유로운 분위기를 만들어 주어야 사원들의 아이디어가 샘솟는다. 나는 이런 분위기를 만들어 주는 사람이다. 직원들이 자유롭게 열정을 토로할 수 있도록 하고, 맘껏 꿈을 펼치도록 이끌어 주는 것이 나의 역할이다.

그래서 우리 회사 직원들의 표정이 대체적으로 밝고 긍정적이다. 표정이 밝은 사람에게는 뭔가 끌리는 데가 있다. 그런 밝은 에너지는 회사 분위기 전체를 밝게 변화시키고, 나아가서는 고객들에게도 고스란히 전달된다. 환하게 웃는 직원들 때문에 나도 늘 흐뭇하다.

02

사장의 부탁 "제발 좀 쉬어라"

우리 회사는 다른 곳과 달리 점심시간 외에 따로 오침시간이 있다. 30분 정도인데, 부서마다 조금씩 차이가 있다. 상담실의 경우는 50분을 일하고 15분씩 쉬게 한다.

아무리 성능 좋은 기계라도 하루 종일 가동시키면 과부하에 걸려 고장 난다. 사람도 마찬가지다. 쉴 때는 쉬어야 업무 효율이 오른다.

쉬는 시간을 주고는 언제 쉴지는 자율에 맡겼다. 회사에는 휴게실이 있어 4-5명이 돌아가면서 늘 쉬고 있다.

처음 쉬는 시간을 주었을 때는 웃지 못할 일도 많았다. 열심히 일을 하다가 쉬러 가려니 "쉬어도 되나?" 하는 의아한 얼굴이었고, 쉬는 것을 이상하게 생각했다.

관리자에게 쉬는 시간 일정을 짜보라고 지시했더니 처음에는 이해를 못해서 서로 눈치만 보면서 잘 지켜지지 않았다. 그래서 내가 회의 시간에 과장을 불러 "왜 직원들의 쉬는 시간을 안 지켜주느냐?"고 질책을 했다.

"쉬는 시간이 되면 누구누구누구는 나가서 쉬어라. 이렇게 강제로라도 지시를 해라."

쉬어야 할지 말아야 할지 엉거주춤 눈치만 보면 일도 제대로 안 되고 쉬는 것도 안 된다. 그래서 처음에는 몇 번이나 쉬는 시간 문제로 얘기를 많이 했었다. 그때는 반신반의하며 못 가더니 이제는 당연하게 쉬는 시간을 즐기러 나간다.

한번은 내가 휴게실이 컴컴해서 아무 생각 없이 불을 켰다. 그랬더니 여기저기서 우두두두 직원들이 일어났다. 오침을 즐기고 있는데 내가 깨운 결과가 된 것이다. 나는 미안하다고 사과하고 다시 불을 꺼 주었다.

그 일 이후 직원들이 그랬다. 사장이 불을 끄면서 미안하다고 하니까 너무 이상했다고. '도대체 일은 제대로 하고 쉬는 건가?'라는 눈빛으로 직원을 볼 줄 알았는데, 오히려 불 켠 것을 너무 미안해하니까 참 희한했다는 것이다.

이사로 일하고 있는 아내도 직원들의 휴게시간 만큼은 철저히 지키려고 한다. 어느 날은 팀장에게 볼일이 생겨 팀장을 찾았다. 팀장이 휴게실에 있다는 답변이 돌아오자 아내는 팀장의 휴식 시간이 끝날 때까지 기다렸다. 정말 촌각을 다투는 일이 아니면 휴게실에 쉬고 있는 사람한테까지 굳이 일을 시키지 않는 것이 우리 회사의 방침이다.

회식 분위기도 우리 회사는 좀 다르다. 다른 회사에서는 아랫사람이 윗사람의 비위를 맞추지만 우리 회사는 오히려 그 반대다. 직원들의 기분을 돋우기 위해 대리, 과장이 일어나서 우스갯소리도 하고 춤도 추고 돌아다니며 술잔도 돌린다.

나도 마찬가지다. 어떻게 하면 회식 분위기를 띄워서 즐겁게 마무리할까 의무감을 갖고 회식에 참석한다. 분위기가 무르익으면 여기저기 잠깐씩 앉아서 직원들과 술잔도 주거니 받거니 해야 하고, 직원들 사이로 돌아다니며 이야기를 듣느라 정말 바쁘다. 나는 노는 것도 잘한다. 분위기가 처지는 것을 못 보는 성격이라 회식을 하면 내가 제일 시끄러울 것이다.

회식 날짜나 장소, 메뉴도 위에서 정해서 공고하는 것이 아니라 직원들에게 먼저 가능한 날짜를 물어보고 장소도 직원들의 추천을 받아서 정한다. 여직원들 중에는 술 먹고 노는 회식보다 외곽의 분위기 좋은 곳에서 고급스러운 음식을 먹거나 차를 마시기를 원하는 경우도 있는데, 그러면 따로 그렇게 자리를 마련해 회포를 풀게 한다. 그랬더니 한번은 여직원들끼리 모여앉아 회의를 해서는 건의사항을 적어온 적도 있었다. 회식하라고 했더니 회의를 했다고 핀잔 아닌 핀잔을 했더니 카페 벽에 마침 화이트보드가 있어서 그랬노라고 핑계를 댔다. 나는 그렇게 적어온 건의 사항을 다른 부서와 의논했고, 의논한 결과를 직원들에게 피드백해 주었다. 요구사항에는 해결해 줄 수 있는 부분이 있고 해결해 줄 수 없는 부분이 있지만 해결해 줄 수 없는 부분에 대해서는 그렇게 하지 못하는 사정을 이야기하고 양해를 구하거나 다음으로 미뤄두기도 한다.

직원들의 말을 들어보면 자신들의 요구가 받아들여지느냐 마느냐보다 자신들이 자유롭게 요구할 수 있는 언로를 열어준 것에 대해 소통의 통쾌함을 느낀다고 한다. 내가 이야기한 것이 시스템에

반영되고, 사장도 열심히 들어주니 오히려 애사심도 생기고 일에 대한 의욕도 생긴다는 것이다.

아내는 회사의 이사로서 이곳저곳을 다니며 직원들의 복지를 늘 살핀다. 휴게실에 안마기를 들여놓고, 얇은 담요를 갖다 놓아주고, 필요한 물품은 없는지, 화장실에 온수가 제대로 나오는지, 휴게실에 냉온풍기가 잘 돌아가는지 등을 항상 살피고 조금의 문제라도 있으면 즉시 고치게 조치한다. 이런 사소한 부분에서 직원들에게 스트레스 받게 할 이유가 없기 때문이다.

나는 늘 직장에서 업무적인 것 외에 스트레스를 받게 하지 말라고 강조한다. 사람들이 모여 서로 사이가 좋으면 더할 나위 없지만 서로서로 뒷담화하고 패를 나누면 회사 분위기도 엉망이 되고 애사심을 갖기 어렵다. 인간적인 문제로 스트레스 받지 않도록 하자는 것이 내가 늘 강조하는 것이다. 겪어보니 다행히 우리 회사 직원들은 모두 심성이 착하다. 이기적인 행동을 하는 직원이 없고 잘 어우러져 지낸다. 다 내 복이 아닌가 싶다.

03

능력 없는 놈이 야근한다

하나둘 뽑기 시작한 직원이 오프라인매장과 잉크토너공장, 영업부, 인터넷쇼핑몰 사업부, 사무실 직원해서 70명에 이른다. 처음엔 나 혼자였지만 이제는 70명의 생계를 책임져야 하는 자리가 되었다. 이런 것을 생각하면 내 책임이 무겁다. 어떻게 트러블 없이 직원들을 잘 이끌어 가야 할지, 어떤 사람을 채용해야 할지, 어떻게 직원 개개인의 발전도 함께 도모할 것인지 등을 고민하게 된다. 삼성과 같은 대기업에서 면접 장소에 사주 관상가를 대동하는 이유를 이제야 알 것 같다.

나도 사람 보는 눈을 키우기 위해 사주, 관상, 손금과 같은 역술을 공부했다. 직원을 채용해야 하는데 어떤 사람이 올지, 그 사람이 어떤 사람인지 처음보고 어떻게 알겠는가? 그래서 자구책으로 역술을 공부했고, 지금은 거의 전문가 수준이라고 해도 과언이 아니다.

역술 공부도 최고의 고수에게 배우고 있다. 역학을 공부하는 사람들에게는 이미 유명인사인 석우당 김재홍 선생www.sukwoodang.com께 배우는데, 50세 이후 기회가 된다면 내가 배운 역술과 삶의 경험, 사업 노하우들을 접목해 도움이 필요한 사람들에게 상담도 해주고 교육도 해주고 싶은 마음도 있다. 이런 것들을 미신이라고 치부하는 사람도 있지만 통계학이기 때문에 근거 없는 것이 아니다. 전혀 근거가 없다면 몇 천 년을 전해 내려오지는 못했을 것이다.

나는 사람을 뽑을 때 인성을 우선적으로 본다. 회사에 들어와서 융화가 잘 되는 사람인지를 살핀다. 능력도 중요하지만 사실 능력은 회사에 들어와서 일을 반복하다 보면 큰 차이가 나지 않는다. 똑똑하다고 회사에 들어와서 잘난 체하거나 분위기를 흐리는 사람, 자기밖에 모르는 사람, 시키면 시키는 일만 하는 사람, 말만 앞세우고 행동은 뒤따르지 않는 사람은 내가 경계하는 직원이다.

하지만 나는 한 번도 직원을 마음에 들지 않는다고 감정적으로 해고한 적이 없다. 그런 사람들은 조직 내에서도 환영받지 못하기 때문에 스스로 나가는 경우가 많았다. 그렇게 시간이 흐르니 내 경영 방침을 이해하고 따라주는 사람들이 남아서 회사 분위기를 이끌게 되었다.

우리 회사의 기업 문화는 좀 특이하다. 나 자신이 권위 의식이 없기 때문에 회사 분위기가 자유롭고 스스럼이 없다. 내가 바라고 의도한 바다. 위아래 구분이 철저하고 경직되어 있으면 신선한 아이디어가 나오기 어렵다. 자유로운 분위기 속에서 뇌가 말랑말랑해지고 거기서 창조적인 생각이 생겨나는 것이다.

회사의 분위기는 대부분 사장의 마인드에 의해 좌우되는 경우가 많다. 내가 권위의식을 갖지 않으니 직원들도 그런 사람을 뽑게 되고, 회사의 분위기도 그렇게 흘러가는 것이다.

나는 한 번도 나를 갑이라고 생각해 본 적이 없다. 직원들이 마음에 안 든다고 나가버리면 내가 고생하게 되는데 어떻게 직원들에게 갑질을 할 수 있겠나? 회사에 들어오면 하나의 공동체가 되는 것이므로 나는 사장으로서 그들을 다 담아내어야 했다.

나는 관리자급 직원들에게 항상 이렇게 이야기 한다.

"네가 얼마나 낮아질 수 있느냐가 네가 얼마나 높아질 수 있느냐를 결정한다."

나는 또한 그 관리자급 직원들보다 더 낮아질 수 있어야 한다. 사장은 가장 큰 그릇이 되어야 하고 다 담을 수 있어야 한다. 다 담으려면 가장 낮아져야 하는 것은 당연한 이치다. 사람들을 이끌어가기 위해서는 위에 우뚝 서려고 하기보다 누구보다도 겸손한 자세를 유지해야 한다.

우리 회사는 야근이 없다. 모든 직장인들이 꿈꾸는 게 야근 없는 직장이 아닐까 생각하는데, 우리 회사가 바로 그런 곳이다. 나는 남아서 일하는 직원을 오히려 능력 없는 사람으로 본다. 낮에 무엇을 했기에 남아서 일을 한다는 말인가?

"야근하지 말고 낮 시간 동안 열심히 일하고 '땡'하면 퇴근하라!"

야근한다고 남아 있으면 나는 전기세 나간다는 핑계로 불을 꺼 버린다.

대구 봉덕동에서의 일이다. 직원들이 야근한다고 남아 있기에 내가 위층에서부터 불을 끄면서 내려온 적이 있다.

"6시가 되었는데 왜 퇴근을 안 해? 일 못하는 놈이 앉아서 늦게까지 있는 거다. 불 꺼야 되니까 얼른 나가라!"

그때 직원들은 '이런 회사 처음 봤다' 했을 것이다.

일의 효율성을 높여라! 시간만 길게 끈다고 일을 잘 하는 것이 아니다. 정해진 시간 안에 어떻게 하면 일을 완수할 수 있을지를 생각하라. 그리고 당당히 퇴근하라. 내가 원하는 것은 바로 그것이다. 일찍 퇴근해서 가족들이나 친구들과 즐거운 시간도 보내야 하지 않겠나? 필요한 사람은 공부도 해야 할 것이고 자기계발도 해야 될 것 아닌가.

이제 우리 직원들은 야근 못 한다고 눈치 보지 않는다. 그러나 정말 부득이하게 야근이 필요할 때도 있다. 그럴 때는 야근이 필요한 이유를 분명하게 설명하고 반드시 야근비를 챙겨준다.

퇴사했다가 다시 들어온 직원들이 많은 점도 특이하다. 월급을 많이 준다는 조건 때문에 나갔다가, 막상 나가 보면 말과 다르다는 것을 확인하고는 다시 돌아오는 것이다. 월급 많이 주는 데는 업무 시간도 길고 쉬는 시간도 없다. 일하는 시간 대비 월급이 많은 것이 아님을 깨닫는 것이다. 빈자리만 있으면 나는 그런 직원을 기꺼이 받아들인다.

그러기 위해서는 보낼 때도 좋게 보내줘야 한다. 나간다고 해서 다시는 안 볼 사람처럼 하면 돌아올 엄두를 못 낸다. 우리 직장에서 열심히 일한 것은 인정해 주어야 한다. 송별회도 해주고 평소에 성실하게 일을 잘했던 직원에 대해서는 퇴직금 외에 보너스도 챙겨 보낸다. 언제든지 다시 돌아와도 된다는 말로 헤어짐의 섭섭한 마음도 전한다. 그러면 헤어져도 서로 불편해지지 않으니 언제든지 다시 돌아올 수 있게 된다.

이런 식으로 나갔다가 들어온 직원이 10명이 넘는다. 한 번 나갔다가 들어온 직원들은 더 열심히 일한다. 나가 보니 여기만 한 데가 없다는 것을 알았기 때문인지도 모르겠다. 오히려 여러 회사를 둘러보고 온 직원들은 우리 회사가 좋은 줄을 알아서 애사심이 매우 높은 것을 보았다. 그래서 이런 직원들은 열심히 해서 지금 다 한 자리씩 꿰어 차고 앉았다.

나도 열심히 일한 직원을 기억해 둔다. 그래서 자리가 비면 근무

할 때 친하게 지냈던 직원에게 그 직원이 어떻게 지내는지 연락해 보라고 한다. 마침 그 직원이 이직을 생각하거나 쉬고 있으면 자리가 비었으니 함께 일을 다시 해 보겠느냐고 권한다. 그 직원이 승낙하면 다시 입사하는 것이다. 업무에 대해 전혀 모르는 사람을 새로 뽑아 적응시키는 것보다 이미 알고 있는 업무를 다시 시키는 것이 더욱 효율적이지 않은가?

직원 중에는 세 번이나 들락날락한 직원도 있다. 돈이 되는 아이템이 있다고 나갔지만 막상 현실과 부딪치니 호락호락하지 않았던 것이다. 이런 직원들은 뼈를 묻을 각오를 하고 돌아온다. 회사 일을 내 일처럼 생각해주는 직원들은 회사의 큰 재산이 된다. 회사의 경쟁력은 사람이니 나는 그만큼 경쟁력을 확보하는 것이다.

나는 사람을 키우기 위해 직원이 둘만 되어도 팀장을 세운다. 어떤 문제가 생기면 사장이 바로 말단 직원들한테 지시하기보다 항상 관리자를 통해 전달되게 한다. 그런 전달체계를 무너뜨리고 직원이 적다고 해서 사장이 직원에게 직접적으로 지시하면 회사 분위기가 바로 경직되어 버린다. 전달체계에 있어서만큼은 위아래를 지켜야 한다. 사람을 키우기 위해서는 믿고 맡겨야 하고 또한 믿고 맡겼으면 의심하지 말아야 한다.

직원을 채용하는 과정에서도 이제는 팀장에게 전적으로 맡긴다.

"네가 사장이라고 생각하고 네 마음에 맞는 사람을 뽑아라."

처음에야 내가 일일이 면접을 보았지만 내가 직접 데리고 일할 사람이 아니니 팀장에게 일임하는 것이다.

부서이동도 다른 회사에 비해 많은 편이다. 부서가 마음에 안 들어 힘들어하면 마음에 맞는 부서에 자리가 났을 때 가장 먼저 기회를 준다. 부서이동으로 생긴 빈자리는 채용을 통해 해결한다. 사람의 능력이 다 다르니 능력에 적합한 자리를 찾아가도록 배려하기 때문에 생긴 현상이다. 자신에게 맞지 않는 자리에서 맞지 않는 옷을 입고 불평불만하지 말고 맞는 자리에서 최선을 다해보라는 것이다.

이렇듯 우리 회사의 기업문화는 다른 곳과 다른 점이 많다. 자유분방한 나의 성향 때문에 그런 것이라고 생각한다.

내가 부서장한테 화를 내면 부서장은 팀장에게, 팀장은 직원에게 그 화가 미친다. 그러면 회사 전체 분위기는 순식간에 경직되고 그 영향은 고스란히 고객에 간다. 반대로 내가 부서장을 칭찬하면 그것이 결국에는 고객에까지 이른다. 이런 점을 생각하면 나도 절대 직원들을 함부로 대할 수 없다.

직원들을 믿어주면 다 나름대로의 성과를 내는 것을 보았다. 회사를 위해 일해주니 얼마나 고마운가? 직원도 어찌 보면 나의 내부 고객인 셈이다.

적자가 나는 부서 관리법

우리 회사는 매장판매 사업부, 인터넷 쇼핑몰 사업부, 옥션 지마켓 사업부, 영업부 납품사업부, 폐카트리지 수거 사업부, 잉크공장 사업부, 토너공장 사업부 등 여러 부서가 있다. 경영을 하다 보니 1년 이상 적자가 나는 부서가 생겼다. 내가 아무리 말로 열심히 하라고 해도 잘 개선되지 않는다. 그래서 나는 최근 관리방법에 변화를 주었다. 한 달 단위로 데이터를 내는 것이 아니라 매일매일 그날 실적을 부서원 개개인들이 직접 확인하고 분석하도록 시스템을 바꾸었다.

예를 들어보자. 그 부서에 직원이 5명이면 5명에 해당하는 인건비와 차량유지비, 기름값, 식대 등의 고정비용이 항상 발생한다. 고정비용이 총 9백만 원이면 9백만 원을 30일로 나눈다. 그러면 하루

당 이 부서에서 발생하는 고정비용이 산출된다. 여기서는 30만 원 정도가 되는데 하루 30만 원의 고정비용을 적어 놓고 그날그날 순수익을 산출한다. 판매가에서 매입단가를 뺀 순수익이 고정비용인 30만 원을 넘으면 흑자, 30만 원에 못 미치면 적자가 되는 것이다. 만약 그날 순수익이 45만 원이면 흑자 15만 원이 되는데 이것은 다음날로 넘어가게 한다. 그렇게 누적되게 하루하루 하다 보면 일 단위, 주 단위로 얼마가 적자가 나고 얼마가 흑자가 났는지 바로바로 확인할 수 있다.

다음 날 출근하면 전날 보고를 받아본다. 보고는 부서원 5명이 자기들끼리 하게 한다. 원인 파악은 나중에 해도 상관없다. 어제 적자가 얼마고 흑자가 얼마인지 바로 다음 날이면 서로 알게 되니 전화 하나를 받아도 더 친절하게, 납품을 가도 더 친절하게, 영업을 뛰어도 더 열심히 하게 되는 것이다. 이런 보고를 한 달에 한 번 하면 그런 내용을 잘 모르고 지나치게 된다. 결과를 보고 '잘해보자' 말만 하면서 한 달 한 달을 보내게 되니 관리가 잘 되지 않는다. 그런데 이런 식으로 매일매일 서로 보고하고 분석하다 보면 하루하루 관리가 되어 나간다.

이런 시스템이 별것 아닌 것처럼 보일지 모르지만 이렇게 관리 해나가다 보면 시스템에 녹아들게 되어 아무래도 신경을 더 쓰게 된다. 적자가 나면 부서원들끼리 논의도 하고 어떻게 하면 적자를 면할까, 해결방법은 없을까 고민하게 되는 것이다.

부서가 적자를 면하기 위해 목표를 세울 때도 위와 같은 방법을 적용하면 된다. 일 년 목표와 분기 목표를 먼저 세우고, 분기 목표가 정해지면 다시 월 목표와 하루치 목표액을 정한다. 그리고 매일매일 목표치에 도달했는지 미흡했는지를 확인하며 관리해 가는 것이다. 위와 같은 방법으로 시스템을 만들어서 몇 달을 돌렸더니 이제는 그 부서가 흑자로 돌아 섰다.

　　이런 식으로 시스템을 만들어 놓으면 위에서 지시를 내리며 다 그칠 필요가 없다. 자기들끼리 체크하고 자기들끼리 문제를 확인하게 되니 효율적이다. 어떤 부서에서 일 년 이상 적자가 나면 오너의 입장에서는 그 부서를 유지할 필요가 없어진다. 그러니 그렇게 시스템을 작동시키면 부서원들은 살아남기 위해 자발적으로 노력하게 되어 결국 부서가 유지되는 것이다.

05

직원이 갑인 회사

우리 회사는 직원들에게 인정받는 사람이 먼저 진급한다. 제아무리 잘난 사람도 부하 직원을 잘 아우르고 다스리지 못하면 조직을 이끌어가기 힘들다. 좋은 아이디어가 있다 해도 직원들이 마음을 열고 받쳐주지 않으면 무슨 수로 추진할 수 있겠는가? 그래서 우리 회사에서는 진급 때가 되면 직원들을 무작위로 뽑아 진급 대상자의 점수를 매기게 한다. 보통 다른 곳에서는 진급하려고 윗사람에게 잘 보이려 애쓰는데, 우리는 직원들에게 잘 보여야 하는 것이다. 그러니 직급이 높다고 해서 말단 직원에게 갑질이니 뭐니 생각할 수가 없다.

진급 때가 되면 총 4명에게 점수표를 받는다. 본인과 직원 3명을 뽑아 점수를 받는데 본인의 점수는 평균점수에서 제외시킨다. 본인을 뺀 3명은 대개 부서장이나 부서원인데 무기명으로 하고, 이사가 지목하는 사람들이 참여한다. 그러니 진급 때 누가 나를 평가할지는 알 수 없는 것이다. 평소 두루두루 직원들에게 인정받은 사람은 점수를 잘 받을 것이고, 그렇지 못한 사람은 점수가 낮을 수밖에 없는 구조다.

점수표는 진급에만 적용시키지 않는다. 점수표를 보면 직원들의 업무능력 외에도 여러 많은 것을 알 수 있다. 본인 점수는 낮은데 나머지 세 사람의 점수가 높은 경우, 이 사람은 업무에 자신감이 부족한 사람으로 칭찬과 격려를 더 많이 해서 자신감을 가질 수 있도록 한다. 반대의 경우는 자기의 주장만 내세우기보다 좀 더 주위를 세심하게 돌아보고 배려하도록 조언한다.

세 사람 중 두 명은 높은 점수를 주었는데, 한 사람이 유독 낮은 점수를 주었다면 이런 경우는 개인감정이 개입돼 있는 경우가 많다. 살다 보면 이유 없이 싫고 미운 경우도 있지 않은가. 그럴 경우는 어떤 부분에서 감정이 상했는지 파악하고, 좀 더 객관적인 평가를 할 수 있도록 유도한다. 이런 역할은 대부분 이사인 아내가 담당한다.

나는 진급과 같은 인사문제는 최대한 공평하게 하려고 노력한다. 친인척이라고 또는 나와 친하다고 좋은 자리에 앉히면 직원들의 사기가 떨어져 회사가 잘 돌아가지 않는다. 이런 민감한 부분일수록 더 내어놓고 함께 고민해야 믿음을 얻을 수 있고, 나아가 직원들의 주인의식도 키울 수 있는 것이다.

한번은 직원이 고객에게 엄청나게 큰 실수를 해 동료 직원들이 고객에게 욕도 얻어먹고 실수를 무마하느라 고생한 적이 있었다. 실수를 저지른 직원은 나에게 와서 해당부서에서 나가지 않게 해 달라고 빌었다. 계속 찾아와서 죄송하다고 했지만 내 마음대로 판단할 수 없는 문제였다. 동료 직원들의 불만 소리가 계속 들리는데도 못 들은 척 내 마음대로 그 직원만 감쌀 수는 없었다.

"나한테 죄송할 건 없다. 옆에서 욕도 얻어먹고 고생한 동료들이 괜찮다고 하면 부서발령을 내지 않겠다. 동료들한테 가서 허락을 받아라."

나는 돈을 손해 본 것밖에는 없다. 나의 뜻이 중요한 것이 아니라 같이 일할 동료들이 계속 함께 일할 의사가 있느냐가 중요한 것이다. 그래서 그 부서에서 자기들끼리 무기명 투표를 하게 했다. 결과는 같이 일하기 싫다는 의견이 많이 나왔다. 일에 대한 실수가 원인이 아니라 평소 동료들 사이에서 인간적으로 인정받지 못했던 것이 원인이었던 것이다. 그 직원은 나중에 결국 자기 발로 회사를 떠나게 되었다.

두 사람의 직원이 있었다. A직원은 성격이 모가 난 편으로 나에게 건의를 많이 하는 스타일이었고, B직원은 나와 술도 자주 마시고 얘기도 많이 하는 직원이었다. 건의를 많이 하는 A직원은 나와 친분 관계가 그리 두텁지는 않았지만 일을 잘하고 아이디어가 많

아서 직원들에게는 신임을 받고 있었고, 나와 친한 B직원은 나에게
는 살가웠지만 직원들에게는 그리 인정받지 못했다. 그래서 결국
성격은 좀 모가 나도 직원에게 신임을 얻은 A직원이 팀장으로 승진
하게 되었다. 그러자 진급에서 탈락된 B직원이 찾아와 왜 자신을
진급시키지 않았느냐며 원망을 쏟아냈다. 사장과 친하니 당연히
자기가 팀장이 될 줄 알았던 모양이다.

"너는 직원들한테 인정을 못 받고 있다. 너를 인정해주지 않는
팀원들을 감당할 수 있느냐?"

나는 그 직원에게 왜 팀장이 되지 못했는지를 그렇게 말해 주었
다. 내 맘대로 팀장을 시켜놓고 팀원들에게 따라라 하면 팀원들 마
음속에 반발심만 생긴다. 그러면 팀장도 팀원도 서로 힘들다. 사장
과 친하다고 해서 그것을 업무에 적용시킬 수는 없는 것이다. 공과
사는 구별해야 한다.

〈다다오피스 워크샵 기념〉

06

월급은 누가 주는가?

신입 직원에게, 월급을 누가 주느냐고 물어보거나, 월급 주는 사람에게 감사한 마음으로 최선을 다해야 한다고 강조하면 다들 사장이 뭔가 대우받고 싶어 하는구나 생각한다. 대부분 월급은 사장이 준다고 생각하기 때문이다. 하지만 우리 회사는 그렇게 교육하지 않는다. 월급은 고객이 준다고 말한다. 사장도 마찬가지로 고객에게 월급을 받는 사람이며 그런 면에서 사장도 직원과 협력자 관계라고 가르친다. 또한 사장은 고객에게 물건을 팔아서 직원에게 월급을 전달하는 사람인 것이다.

사장이 월급을 주면 직원이 잘 보여야 하는 사람은 사장이 된다. 하지만 고객이 월급을 준다고 생각하면 직원들이 잘 보여야 하는 사람은 사장이 아니라 고객이 된다. 그러면 서비스 마인드가 달라진다. 고객이 오면 오는 순간부터 반갑고 고맙게 된다. 월급을 주는 고객을 건성으로 대할 수 없다. 우리 회사는 월급을 주는 고객에 대한 고마움을 다양하고 세심한 서비스로 구현시켰다.

대부분의 문구 업계들을 가보면 친절하다는 느낌을 받지 못한다. 손님이 오면 오는가 보다 하는 정도다. 하지만 우리 다다오피스는 고객들에게 친절하다는 평가를 많이 듣는다. 가격은 도매가지만 서비스 수준은 대형 마트나 백화점 수준이기에 그렇다.

우리 매장 수준의 가격으로 물건을 사려면 도매상으로 가야 하는데, 사실 대부분의 도매상은 구석진 곳에 있고, 주차도 힘들뿐더러 제품 가격도 정해져 있지 않다. 도매가라서 싸다고 가보면 바가지를 쓰고 오는 경우도 있고, 물건도 막 쌓여 있는 데다 사면 사고 말면 말라는 식으로 주인이 갑인 경우도 종종 있다.

우리는 그런 서비스를 개선하기 위해 철저하게 교육한다. 신입직원이 들어오면 일단 신입직원 CSCustomer Service교육을 시키고, 또 매장 팀에 가서도 매일 10분씩 20일간 친절 교육을 받게 한다. 인사하는 법, 고객의 질문에 응대하는 법, 주의해야 할 행동 등을 가르치는데, 무엇보다 중요한 것은 '진심'을 전달하는 것이라고 강조한다.

'진심'을 담아내기는 쉽기도 하고 어렵기도 하다. 보통 서비스직 교육 내용을 보면 목소리 높이를 '솔'음에 맞추라, 입꼬리를 올리라는 식으로 교육하는 것을 보았다. 하지만 우리는 그렇게 하지 않는다. 미소 연습을 시키기 전에 '고객은 월급은 주는 사람이니 고마운 사람'이라는 마음가짐부터 가지라고 한다. 가족이나 친척이 와서 물건을 산다고 생각해보라. 이 물건이 어떠냐고 물을 때 어떻게 설명하겠는가? 물건 하나 더 팔아야 되겠다는 생각을 하는가? 아니다. 다시 볼 사람이기 때문에 제품에 대해 양심껏 설명한다. 쉽게 말해 뒤돌아서서 욕먹을 짓 안 한다는 말이다. 고객이 돌아서서 '속았다', '안 사도 될 걸 샀다'는 생각을 하면 그것은 친절을 가장한 장삿속이다. 고객이 나중에 돌아서서 생각해도 나에게 정성을 다해주었구나, 친절을 베풀어 주었구나 하는 생각이 들도록 하라는 얘기다. 그게 내가 강조하는 '진심'이다.

2층 매장 직원 중 말투가 투박한 여직원이 있다. 목소리를 가볍고 상냥하게 하라고 해도 잘 안 되는 직원이다. 하지만 이 직원은 고객들에게 친절하다는 소리를 듣는다.

"필요한 거 있어예?", "가격도 싸고 이게 더 좋아예."

그 직원은 입꼬리를 올리고 항상 미소 짓는 서비스직 직원의 모습은 아니지만 자신만의 방식으로 고객에게 진심을 전한다. 그 직원에게 물건을 사 본 사람은 나중에야 그 성의를 깨닫게 된다. 그러니 그 투박한 모습에도 고객들이 친절하다고 칭찬하는 것이다. 그런 직원 때문에 고객의 믿음이 쌓이고, 다다오피스의 전체 신뢰도가 높아지는 것이다.

고객이 문의했을 때 '모릅니다'나 '없습니다'라는 말은 절대 하지 않도록 교육한다. 고객이 물어보면 일단 '확인해 보겠습니다.'로 답한 후, 매장에 있는지 없는지 확인해 본다. 그 제품이 매장에 없고 잘 안 파는 제품이면 "그 제품은 구하기 힘들지만 고객님께서 주문하시면 구해드리겠습니다."라고 말한다. 옛날 기종 프린터나 타자기계 리본, 수입기계 소모품과 같이 구하기 힘든 제품이라도 우리가 못 구하는 제품은 거의 없다. 시간이 걸리거나 비치를 하지 않아서 그렇지 고객보다 물건을 구하기 쉬운 위치에 있다. 그러니 우리가 구해 드리면 고객은 다른 데 돌아다닐 필요가 없어 편리한 것이다. 만약 이런 경우 직원들에게 교육을 시키지 않았다면 '모릅니다, 없습니다'로 끝나고 만다. 하지만 우리는 고객이 필요로 하는 물건을 손에 넣을 때까지 끝까지 최선을 다한다.

우리 매장 직원들은 모두 작은 수첩을 들고 다닌다. 고객들이 찾는 물건이 없는 경우 수첩에 개인 주문을 받기 위해서인데, 주문을 받으면 카운터에 비치된 '고객 주문 대장'에 기록해 놓았다가 물건이 도착하면 고객에게 연락해 찾아가게 한다. 그러면 고객들은 불필요한 수고를 들이지 않고 물건을 구하게 되어 만족감이 높을 수밖에 없다.

물건이 없다며 직원에게 물어볼 생각도 않고 돌아서 가는 고객도 있다. 그런 경우 우리 직원들은 고객이 들도록 "다른 곳에 가보시고 못 구하시면 저희한테 오십시오. 저희가 구해드리겠습니다."
라고 말한다. 그 손님은 다른 곳으로 갔다가 물건을 못 구하면 결국
우리한테 연락을 한다. 우리는 어떻게 해서든 구해서 그 손님에게
연락을 해 준다.

고객이 만족할 때까지 서비스한다는 이런 정신은 다다오피스를
여기까지 오게 한 원동력이다.

친절 교육뿐만 아니라 매장 진열도 철저히 고객 편의 위주로 했
다. 가격 표시도 판매단가와 할인율을 모든 제품에 적용해 놓아 고
객들이 이용하는데 불편함이 없게 했다. 50-60년 이상 된 유명 문
구센터에 가면 가격 표시가 제대로 되어 있지 않는 경우가 많다. 대
형 마트 문구 코너도 관리가 제대로 안 되는 건 마찬가지다. 거기다
진열 방식도 고객 위주가 아니라 대부분 판매자 위주다. 우리는 이
런 세세한 부분까지 고객의 입장에서 보고 생각했다.

CS 교육을 어디서 전문적으로 배워 온 적은 없다. 하지만 우리
는 고객과 부딪치며 하나하나 터득한 노하우를 우리 회사 나름의
CS 교육으로 완성했다. 직원들과 함께 시행착오를 거치며 만든 것
이다.

"함께 크고 함께 만들어가는 회사, 다다오피스의 가족이 되신 것
을 환영합니다. 우리는 함께하는 사람들입니다."

직원 교육을 할 때마다 교육 자료 마무리에 늘 이 슬로건을 PPT에 띄운다. 사업체를 이렇게 키우고 회사 운영 체계를 하나하나 만들어 나가는 것 모두가 직원과 함께 했기 때문에 가능했다. 나는 '함께 큰다'는 말에 깊이 공감한다. 직원들도 '함께 커 나간다'는 사실을 믿어 주었으면 좋겠다. 사장도 직원도 같이 일하면서 부딪치고 의논하다 보면 함께 능력치가 올라간다. 개인의 능력치가 커지는 만큼 회사도 커지게 되고, 어느 순간 '내가 키우고 가꾼 회사'라는 주인의식이 생겨나는 것이다. 나는 오늘도 직원들과 함께 커 나가고 있다.

07

큰 실수는 회사의 큰 자산

2012년 12월, 눈이 안 오기로 유명한 대구에 52년 만에 폭설이 내렸다. 갑자기 20cm 가까이 눈이 내리니 사람들도 당황했는지 스노우체인을 사러 몰려오기 시작하는 것이다. 사람들이 몰려오니 제품이 오전에 바닥나 버렸다. 우리는 급하게 다른 거래처에 연락해 스노우체인을 공수해오기 시작했다. 마침 매장이 도로 옆이라 제품을 끌어오는 데는 큰 어려움이 없었다. 하루만에 2천만 원이 넘는 스노우체인이 팔려 나갔다.

그때 대박을 치고 다음 해인 2013년도에 점장이 스노우체인을 잔뜩 들여놓았다. 전해에 스노우체인이 불티나게 팔린 것을 기억하면서. 그런데 다음해에는 눈이 오지 않는 것이다. 재고는 엄청 들여놨는데, 눈이 안 오니 돈이 묶여 버렸다. 하루 2천만 원 매출이라는 기록 때문에 대구에는 원래 눈이 안 온다는 사실을 잠시 깜박

했던 것이다.

2013년 겨울, 점장이 나가지 않는 스노우체인을 보고 있자니 죄송했는지 내게 와서 자기가 팔고 오겠다며 나서는 것이다. 점장과 함께 가기로 한 실장은 가장 먼저 어디에 눈이 많이 오는가를 생각했다. 우리나라에서 강설량이 가장 많은 강원도가 떠올랐다. 점장과 실장은 탑차에 스노우체인을 싣고, 플래카드를 급히 만들어 내걸고 보무도 당당하게 강원도로 떠났다.

"잘 팔리나? 얼마나 팔았노?"

두 사람이 떠나고 한참 후 걱정이 되어 전화를 했다. 조금이라도 재고 처리를 했을 것이라고 내심 기대를 하고 있었다.

"사람이 안 보입니다."

눈은 쌓여 있는데 사람이 안 나온다고 했다. 그 말은 하나도 못 팔았다는 얘기였다. 왜 안 팔리는지 의아해하던 중, 점장과 실장이 배가 고파 짜장면을 시켰단다. 얼마 지나지 않아 눈밭을 헤치고 오토바이가 달려오는 것을 보고 점장은 허탈감을 느꼈다고 한다. 알고 보니 강원도는 원래 눈이 많은 지역이라 스노우타이어나 스노우체인 쯤은 웬만하면 구비하고 있었고, 무엇보다 눈밭에서 운전하는 것쯤은 일도 아니었던 것이다. 판단착오였다. 결국 팔아보겠다고 나섰던 점장과 실장은 단 한 개도 팔지 못한 채 짜장면만 팔아주고 돌아왔다. 북극에 냉장고를 팔러간 격이었다.

나는 점장과 실장을 격려해주었다. 실수는 재산이다. 그런 것이

쌓여 지혜가 되는 것이다. 하나의 경험은 하나의 지혜인 것이다. 하나도 팔지 못했다고 꾸중할 필요가 없다. 다른 누가 갔어도 스노우체인을 팔지 못했을 것이기 때문이다. 그저 팔아보겠다고 나섰다는 것 자체만으로 고맙고 기특한 일이다.

큰 실수는 꾸중하지 않는다. 큰 실패도 하나의 경험인데 꾸짖고 묻어버리면 경험을 버리는 것과 마찬가지다. 재고를 왕창 들여놓은 점장은 다시는 그런 실수를 안 할 것이다. 나도 결재를 했으니 점장의 실수라고 말할 수 없다. 중요한 것은 다음번에 그런 실수를 안 하면 되는 것이다.

08

열정이 있으면 자리를 만들어서라도 뽑는다

사업운영실 김종훈 실장이 우리 회사에 입사한 이야기를 하고 싶다. 봉덕동에 있을 때 상담실 직원을 채용할 일이 생겼다. 상담실 직원을 채용한다고 광고를 냈는데, 성별 구분을 해놓지 않았던 것이다. 우리는 당연히 목소리 고운 여직원을 생각했고, 그런 여직원을 오전에 채용했다. 그런데 채용이 끝나고 오후에 김종훈 실장이 매장에 찾아왔다. 당시 김종훈 실장은 나이도 꽤 많았고 결혼도 해서 아이도 있는 상태였다. 남자 직원이 상담실 직원으로 지원하리라고는 생각지 못했다. 우리는 이미 채용이 끝난 상태였으므로 김종훈 실장에게는 그냥 "나중에 연락드리겠습니다."란 말로 돌려보냈다. 연락이 없으면 당연히 떨어진 것이라고 생각해야 할 텐데 며칠 후 다시 전화가 왔다.

"저 떨어진 겁니까?"

연락을 안 했는데도 다시 전화해 이렇게 물어본 경우가 없어 순간 당황스러웠다. 기대를 하고 전화를 한 것 같은데 떨어졌다고 말하기가 미안스러웠다. 그래서 "기존에 하던 직원이 2월까지 계속하기로 했다"고 거짓말로 둘러댔다.

그러면 알아들어야 할 텐데 김종훈 실장은 자기를 2월까지 무급 아르바이트로 써 보라는 것이다. 2월까지 써보고 그때 가서 자신을 쓸지 말지를 결정해보면 어떻겠냐는 것이다.

우리는 직원이 더 이상 필요 없는데, 눈치가 없는 것인지 절박해서인지 너무 적극적으로 일을 하고 싶다고 나서니 딱 잘라 거절하기가 쉽지가 않았다.

하지만 나는 김종훈 실장의 그런 열정이 마음에 들었다. 저런 자세라면 어떤 일을 시켜도 잘할 것이라는 믿음이 생겼다. 그래서 나는 자리를 일부러 하나 만들었다. 어떻게 생각하면 나는 이 직원을 위해 쓰지 않아도 될 비용을 쓴 것이다.

그런데 내 예상이 맞았다. 김종훈 실장은 잔꾀를 부리지 않고 성심성의껏 일을 열심히 잘 해주었다. 나이도 있는 데다 이미 바깥세상이 호락호락하지 않다는 것을 깨닫고 들어온 터라 이직은 생각도 못했고, 우리 회사에서 뼈를 묻을 각오를 하고 일을 하는 것이다. 본인 역량 이상의 일을 해내었다. 나는 김종훈 실장을 자주 데리고 다니며 같이 술도 먹고 삶의 철학도 나누었다. 똑같은 이야기를 해도 다른 직원은 "사장님은 나를 가르치려 한다. 나를 바꾸려

하지 말라."며 거부하는 반면 김종훈 실장은 어떤 이야기를 해도 배우려고 했다. 그런 겸손한 자세로 열심히 일하니 상담 요원에서 상담팀장으로 승진했고, 나중에는 온라인 전체 사업부를 맡았다. 지금은 사업운영실장으로 회사 전반적인 업무를 살피고 총괄하고 있다. 김종훈 실장이 입사한 지 8년이 지났는데 그동안 나와 같이 큰 것이다.

한번은 술을 마셔 대리운전 기사를 불렀다. 집으로 돌아가는 길에 대리기사와 대화를 하게 되었다. 이런저런 이야기를 하다 보니 대리운전만 하기에는 아까운 사람이라는 생각이 드는 것이다. 말에서 느껴지는 생각이나 철학의 깊이가 남달랐다. 이야기를 들어

보니 큰 규모의 사업을 했는데 사업실패로 대리운전을 했고, 대리운전 전국 노조위원장직을 맡고 있었다.

노조가 왜 생기는가? 자기가 일한 만큼 대우를 못 받으니까 노조가 생기는 것 아닌가. 나는 일한 만큼 최대한 대우를 해 준다는 원칙을 갖고 있었기에 그 사람에게 채용의 기회를 주고 싶었다. 우리 회사에 와서 면접을 한 번 보는 것이 어떠냐고 권했다. 다음 날 그 대리기사가 찾아와서 바로 채용했다. 신용불량자였던 그 사람은 회사에 들어와서 신용도 회복되었고, 차량과 법인카드까지 제공받으며 영업부를 맡았다. 지금은 본인이 다시 하고 싶은 사업이 있어 우리 회사를 떠났지만 나는 좋은 인재라고 생각하면 이렇게 때와 장소를 가리지 않고 채용했다.

임용훈 과장은 처음 온라인 쇼핑몰 쪽으로 입사를 했는데, 일 년이 지나자 자신과 맞지 않았는지 퇴사를 하겠다는 것이다. 본인은 창의적인 아이디어가 있어서 자기 능력을 맘껏 발휘해 보고 싶은데 온라인 부서에서는 직급이 낮으니 능력 발휘에 한계를 느꼈던 것이다. 또한 부서 팀장과 업무 패턴도 안 맞는 부분이 있었다. 그래서 나는 당시 임용훈 직원에게 제안을 하나 했다. 당시 온라인 부서는 이미 과장도 있고 수익도 오르고 있었으며, 시스템이 어느 정도 자리를 잡았던 상태였다. 반면 오프라인 부서는 신생부서여서 할 일도 많았고 가면 고생이 뻔했다. 온라인 부서가 맘에 안 들면 오프라인 부서로 바꾸는 것은 어떠냐고 제안했다. 임용훈 과장은 본인이 고생이 되더라도 맘껏 성과를 내보겠다는 의지를 드러내 오프라인 부서로 발령을 냈다. 그러자 그 부서가 본인의 적성에 맞았는지 부서의 체계를 하나하나 잡아 나가며 가시적인 성과를 만들어 내기 시작했다. 그러면서 부서를 옮길 때 주임으로 시작한 직급이 3년도 안 되어 계장, 대리, 과장으로 빠르게 승진을 했다.

종합쇼핑몰 다다플러스www.dadaplus.com를 하나 더 만들면서 쇼핑몰 사업부에 근무했던 경험이 있는 임용훈 과장에게 "이거는 니가 키워서 수익 일정부분을 니가 가져라."고 했더니 반짝이는 아이디어로 본인이 사업부를 만들어서 키우는 등 미친 듯이 일에 전념하는 것이다. 임 과장이 제일 처음 근무했던 부서가 인터넷 쇼핑몰 사업부였다. 본인이 능력발휘를 한 만큼 나는 대우해 주는 것이다. 나는 판을 만들어 주는 사람이고 판을 키우는 것은 직원 개인의 능력인 것이다.

보통 직원들은 일이 많아지면 귀찮아하고 똑같은 패턴으로 일하려 한다. 일거리 줄 때 냉큼 받아서 열심히 하라. 그때가 바로 기회인 것이다. 평소 그런 모습으로 최선을 다하면 사장은 더 큰일을 맡겨 가며 직원을 키워준다. 회사와 직원은 같이 크는 것이다. 파이가 커지면 같이 나눠 먹는 것이다.

09

내 직원은 내가 보호한다

상담실 직원이 울고 있었다. 왜 우느냐고 했더니 말을 하지 않았다. 다시 달래고 달래서 물어보니 불량 처리를 성심껏 다 해 주었는데도 터무니없는 금전적인 보상을 요구하며 입에 담지 못한 욕을 계속 했다는 것이다. 웬만하면 다 듣고 넘기는데 얼마나 심한 욕을 했으면 참지 못하고 울음을 터뜨린 것이다.

나는 상담직원에게 혹시 다시 연락 오면 나를 바꾸라고 얘기했다. 진상고객은 다시 전화를 걸어서 막말과 욕설을 하며 막무가내로 요구사항을 얘기했다. 그때 나는 전화를 돌려받으며 그 사람과 똑같이 막말을 해주었다.

"○○○야! 내가 반말하면서 니한테 욕하니까 기분 좋나? 당신은 고객으로 대우 받을 가치가 없는 사람이다. 고객이고 나발이고 당신 같은 고객 없어도 된다. 또다시 전화하면 업무방해죄로 고발

한다!"

　나도 큰 소리로 그 진상고객에게 직원을 대신해 막말을 해 주었다. 옆에서 지켜보는 직원들은 모두 조마조마 했겠지만 입에 담지 못할 욕을 들은 직원은 아마 대리만족을 느꼈을 것이다. 하지만 이런 몰상식한 사람한테는 이런 방법을 쓰는 것이 내 방식이다.

　고객에게 최대한의 서비스는 제공하지만 이럴 때 나는 직원 편이다. 대부분의 감정 노동자들에 대해 대기업 등에서 나처럼 같이 욕을 해주라고 가르치지는 않는다. 하지만 무조건 참으라고 하고 마인드 컨트롤로 이겨 내라고 하면 골병드는 것은 내 직원이다.

　나는 그런 사람의 주문은 안 받아도 된다고 말한다. 그렇게 몰상식한 사람은 아예 블랙리스트에 올려서 주문이 들어와도 물건을 주지 말라고 한다.

　블랙리스트에 올리는 것은 간단하다. 버튼 하나만 누르면 등록된다. 그러면 그 사람도 싸고 좋은 물건을 구하지 못해 곤란을 겪는다. 재생잉크 같은 경우는 우리가 직접 만들기 때문에 이렇게 저렴한 가격으로는 다른 곳에서 구할 수도 없다. 내가 안 팔면 못사는 것이다. 그럴 정도로 나는 우리 제품에 자신이 있다. 고객한테 어떻게 그럴 수 있나 하겠지만 인간 대 인간으로서 인격을 무시하거나 지나친 욕설을 해올 때 나는 그렇게 하는 것이 맞다고 본다.

블랙리스트에 오른 아이디는 주문이 들어와도 팔지 않는다. 다른 아이디로 새로 등록하든지 해야지 그 아이디로는 다시 주문을 못하게 해 놓았다.

진상 고객은 기업이 만드는 측면이 있다. 고객은 왕이라는 구호 아래 고객들의 불합리한 요구와 인격 모독들을 다 들어주고 받아주기 때문에 그런 것이다. 상담직원에게 입에 담기 어려운 욕을 하면 녹음을 해서라도 업무방해죄로 고발해야 한다. 고객의 권리만큼 직원의 인권도 있는 것이다. 그런 진상 고객은 강하게 대처할 때 다시 그런 행동을 하지 않는다.

올 초에 있었던 일이다. 우리 회사에서는 무한 프린터기 렌탈 사업도 한다. 그날은 프린터기 AS기사가 영 표정이 좋지 않았다. 우리 직원들의 얼굴이 대부분 밝기 때문에 얼굴만 봐도 그 직원의 상태가 바로 눈에 들어온다. 직원을 불러서 무슨 일이 있느냐고 물어보니 한 업체에 가면 갈 때마다 반말이나 막말을 하면서 마치 종 부리듯 한다는 것이다. 조금만 늦어도 전화해서 욕하고 이래라 저래라 갑질을 한다는 것이다. 나는 거기가 어딘지 물어보고 당장 전화를 걸었다.

"사장님! 한 달 여유 드릴 테니 그 안에 다른 거래처 알아보십시오. 저희는 사장님과 더 이상 거래할 수 없습니다. 나도 우리 직원한테 그렇게 막대하지는 않습니다."

사실 그 업체는 요구사항이 굉장히 많아 골치를 앓고 있던 곳이었다. 그렇지만 거래이기 때문에 정성을 다했는데, 우리 직원한테까지 막 대하는 것을 보고 거래를 끊었다.

나중에 그 업체는 다른 거래처를 구하지 못해 오히려 우리에게 용서를 구하고 거래를 계속 하자고 요구해 왔다. 진상은 어디를 가도 진상 짓을 한다. 그 업체는 다른 곳에도 이미 나쁘게 소문이 나 있었던 것이다. 진상 고객은 그렇게 고쳐야 한다.

내 직원은 내가 보호해야 한다. 그래야 사기 진작이 되는 것이다. 진상 고객 상담과 같은 어려움이 닥쳤을 때 참으라고만 하면 "사장도 똑같은 놈이다."라는 인식이 박혀 버린다. 그러면 그 직원은 애사심은커녕 언제 그만둘까만 고민하게 될 것이다. 직원들의 마음이 다 그런 식이면 회사가 잘될 리 없다. 직원은 내 가족이라고 말로만 그칠 것이 아니라 직원들이 느끼도록 해 주어야 한다.

10

따놓은 당상 받아 봤니?

우리 회사에는 특별한 연말 시상식이 있다. 직원들의 사기도 진작시키고 한 해 동안 열심히 일한 데 대한 고마움을 표현하는 자리다. 나는 밝고 에너지가 넘치는 것을 좋아한다. 일할 때는 일하고 놀 때는 누구보다 열심히 놀아야 한다는 주의다. 그래서 기발한 상을 만들어 맘껏 즐겨보자는 의미로 시상식을 하고 있다. 평범한 상은 재미가 없다. 이런 기발한 상을 줌으로써 받는 사람도 주는 사람도 마음의 부담감 없이 시상식 자체를 즐길 수 있다. 다음은 회사에서 준 2016년도 연말 시상식 내용이다.

따놓은 당상(온라인사업부 OOO 아르바이트)
상기 본인은 아르바이트 직원임에도 불구하고 활동성 있는 업무를 수행함에 있어 성실과 열정으로 책임을 다하였고, 회사 발전에도 지대한 영향을 주었으며, 군 제대 후에도 본인이 원할 시 정규직은 따놓은 당상이기에 이 상장을 수여합니다. 부상으로 상품권 10만 원과 제대 후 정규직 우선 채용권을 드립니다.

공로상(다다오피스 유천점 김종훈 지점장)

상기 본인은 입사 초 상담원으로 시작하여 상담 팀의 팀장, 관리부의 부장, 회사 전체를 관할하는 사업운영실의 실장 등을 거쳤으며 최근에는 새로 오픈한 유천점을 남다른 관리능력과 열정으로 안정적으로 운영하고 있기에 그 공로를 인정하여 이 상장을 수여합니다. 젊음의 에너지, 긍정의 에너지를 불어넣어 드린다는 마음에서 부상으로 상품권 10만 원과 염색약을 드립니다.

온달장군상(오프라인사업부 김민수)

상기 본인은 입사 초의 소극적 모습에서 탈피하여, 주어진 업무를 이행함에 있어 남다른 시각과 생각을 바탕으로 긍정적으로 발전한 모습을 보여주었기에 이 상장을 수여합니다. 부상으로 평강공주를 찾았지만 찾지 못해 상품권 10만 원과 생강으로 만든 생강공주를 드립니다.

비타민상(온라인사업부 전혜은 주임)

상기 본인은 매사 성실하고, 씩씩하고 밝은 목소리와 허파에 바람 든 사람같이 실실 잘 웃는 백만 불짜리 미소, 긍정적인 에너지로 회사 동료들에게 비타민 같은 상큼한 영양소를 공급하였기에 이 상장을 수여합니다. 부상으로 상품권 10만 원과 비타500 한 박스를 수여합니다.

티 안 나 상(온라인사업부 최은숙, 오프라인사업부 박은경 계장)

상기 본인은 업무 특성상 크게 드러나지는 않지만, 여러 동료들이 인정한바 보이지 않는 곳에서 책임감을 갖고 묵묵히 주어진 업무를 성실하게 수행하였기에 이 상장을 수여합니다. 앞으로는 티 좀 내라는 의미에서 부상으로 상품권 10만 원과 불티나 라이터를 드립니다.

고객친절상(오프라인사업부 강혜숙)

상기 본인은 자그마한 체구에서 뿜어져 나오는 부드러운 카리스마로 맡은 바 업무에 충실했을 뿐만 아니라, 매장방문 고객 곁에서 부담스러울 정도의 찰거머리 같은 열정적 친절로 칭찬이 자자하기에 이 상장을 수여합니다. 부상으로 상품권 10만 원과 스마일 배지를 드립니다.

얼리버드상(오프라인사업부 김기현 계장)

상기 본인은 지치지 않는 체력과 열정으로 1년 동안 하루도 빠짐없이 가장 일찍 출근함으로써 동료들에게 모범을 보였기에 이 상장을 수여합니다. 부상으로 상품권 10만 원과 얼리버드는 아니지만 같은 새 종류의 앵그리버드를 선물로 드립니다.

면 상(오프라인사업부 한명옥 계장)

상기 본인은 맡은 업무를 꼼꼼하게 잘 처리할 뿐만 아니라, 항상 따뜻한 웃음과 온정으로 직장 동료들과 고객에게 그 따스함을 전달하였기에 이 상장을 수여합니다. 부상으로 상품권 10만 원과 밥상을 드립니다.

일취월장상(온라인사업부 추현식 주임)

상기 본인은 시스템을 발전된 방향으로 재정비하기 위해 특유의 성실함과 열정으로 많은 의견을 내고 행동의 모범을 보였기에 이 상장을 수여합니다. 부상으로 상품권 10만 원과 일취 즉 일에 취한 다는 의미로 소주 한 병을 선물로 드립니다.

10년 장기근속상(오프라인사업부 김봉재 점장)

상기 본인은 비 오는 날 땅에 붙은 젖은 낙엽처럼 떠밀어도 떠 밀어도 나가지 않고 10년간 한결같은 열정을 보여주었기에 진심을 담아 감사를 드립니다. 앞으로 함께 할 10년을 기대하기에 이 상을 수여합니다. 부상으로 현금 100만 원을 드립니다.

5년 장기근속상

(오프라인사업부 임용훈 과장, 차승희 대리, 온라인사업부 박창용 대리)

상기 본인은 회사의 고속성장기에 입사해 사옥 이전과 시스템정 비 등으로 힘든 시간을 성실함과 책임감으로 잘 버텨주었습니다. (주)다다오피스와 함께 울고 웃으며 성장한 지난 5년의 시간에 진 심으로 감사드리며, 앞으로 당연히 받을 10년 장기근속상에 앞서 이 상을 수여합니다. 부상으로 현금 50만 원을 드립니다.

박카스상(오프라인사업부 김하경 계장)

상기 본인은 맡은 바 업무에 너무 열정적으로 에너지를 소비한 나머지, 피로누적으로 마라토너가 결승선을 통과하듯 아슬아슬하

게 출근시간을 지켜왔기에 피로를 해소하라는 의미에서 본 상을 드립니다. 부상으로 상품권 10만 원과 박카스 1박스를 수여합니다.

환골탈태상(오프라인사업부 김해정 주임)

상기 본인은 입사 때와 달리 긍정적이고 발전적인 모습으로 내/외형적으로 변화하여 맡은 바 업무에 충실하였고, 특히 최근에는 사랑에 빠지면서 살도 함께 빠졌다는 믿지 못할 보고가 들어왔기에, 더욱더 예쁜 모습으로 잘 가꾸라는 의미에서 상장과 함께 부상으로 상품권 10만 원과 손거울을 드립니다.

에너자이저상(온라인사업부 김보배 주임)

상기 본인은 보기만 해도 웃음 짓게 만드는 상큼한 미소와, 지치지 않는 열정과 에너지를 바탕으로 맡은 바 업무를 열심히 수행하였기에 이 상장을 수여합니다. 부상으로 상품권 10만 원과 에너자이저 건전지를 드립니다.

비선실세상(오프라인사업부 박현정 계장)

상기 본인은 사장 매장 순회 시 간식을 사달라거나 배가 고프다고 하면서 서툰 애교로 목적한 바를 이끌어내는 동시에 사장과 점장을 아바타로 만들어 직간접적으로 조종하는 비선실세이기에 이 상장을 수여합니다. 부상으로 상품권 10만 원과 만능 리모컨을 드립니다.

이순신상(잉크제조사업부 고봉근 대리)

상기 본인은 나의 죽음을 적에게 알리지 말라는 이순신 장군의 정신과 같이 맡은 바 업무를 티내지 않고 묵묵히 열심히 수행하였기에 이 상장을 수여합니다. 부상으로 상품권 10만 원과 이순신 장군이 그려져 있는 백 원 동전을 드립니다.

면도날상(사업운영실 이혜란 주임)

상기 본인은 평소에는 깊은 강물처럼 조용하지만 불의를 보면 참지 못하는 성격으로 각 부서와 거래처의 업무 실수에 대해 칼같이 지적하는 등 회사 업무시스템 정비에 이바지하였기에 이 상장을 수여합니다. 부상으로 상품권 10만 원과 도루코 면도날을 드립니다.

양파상(온라인사업부 김보람 계장)

상기 본인은 까도까도 그 속을 알 수 없는 양파처럼 묘한 매력을 발산해 주었고, 평소와 매우 다른 술자리의 모습으로 주변사람들에게 눈물 날 정도의 큰 웃음을 주었을 뿐 아니라 업무수행에 있어서도 다채로운 능력을 보여 주었기에 이 상장을 수여합니다. 부상으로 상품권 10만 원과 양파링 한 봉지를 드립니다.

화려한비상(온라인사업부 박창용 대리)

상기 본인은 작년에 '여친을 상상'을 수상한 이후 알에서 깨어나 화려하게 비상하는 새처럼 예상을 뛰어넘는 관리능력으로 맡은 바 업무를 훌륭하게 수행하고 있기에 이 상장을 수여합니다. 알에서 깨어 더 화려하게 비상하라는 의미에서 부상으로 상품권 10만 원과 달걀을 드립니다.

멀티플레이어상(오프라인사업부 이태경 계장)

상기 본인은 어떤 업무가 주어지더라도 항상 자신감 넘치는 모습으로 책임감이나 부담감을 이겨내고 발전해가는 모습을 보여주었기에 이 상장을 수여합니다. 부상으로 상품권 10만 원과 멀티탭을 드립니다.

여친을 상상(온라인사업부 OOO 대리)

상기 본인은 평일에는 바쁜 업무를 책임감 있게 수행하고, 주말에는 휴식을 취하느라 여자 친구를 만들지 못했습니다. 내년에는 꼭 여자 친구를 만날 수 있기를 기원하며 이 상장을 수여합니다. 부상으로 상품권 10만 원과 클럽 입장권을 드립니다.

베스트 커플상(온라인사업부 OOO, OOO사원)

상기 본인들은 각자 가진 특유의 밝은 웃음과 성실을 바탕으로 회사 분위기를 밝게 하고 파트너인 동료와 혼연일체가 되어 회사 발전에 지대한 영향을 미쳤기에 이 상장을 수여합니다. 부상으로 상품권 10만 원과 덤 앤 더머 DVD를 드립니다.

이렇게 회사가 잘 굴러가는 것은 모두 직원들 덕분이다. 직원들이야말로 회사의 크나큰 자랑이자 재산이다. 모두가 주인의식을 갖고 힘을 합할 때 다다오피스의 발전이 있는 것이다.

차중근 전 유한양행 사장은 "경영자가 직원으로부터 한 발짝 물러나면 직원은 두 발짝 멀어진다."고 했다. 직원이든 고객이든 먼저 다가가는 경영이 필요한 때다. 이런 작은 아이디어들도 직원들에게 한 발 다가가고자 하는 마음의 표현이다.

늘 유쾌한 다다오피스가 되길 바란다.

11

동종업계 최초
가족친화인증기업 선정

〈가족친화인증서와 가족친화 우수기업 홍보문구〉

"행복한 가족! 즐거운 일터!"라는 광고 문구를 본 적이 있을 것이다. 가족친화인증 제도를 알리는 슬로건이다. 가족친화인증을 받은 기업은 근로자가 가정과 직장 모두에서 균형 있는 생활을 할 수 있도록 회사가 시스템을 갖추고 있다는 것이다. 여성가족부에서는 가족친화제도를 모범적으로 운영하는 기업 등에 대해 심사를 통해 여성가족부장관의 인증을 부여해준다. 여성의 경제 활동 참여 증가 등으로 생긴 변화에 따라 근로자가 가정생활과 직장생활을 조화롭게 해 나갈 수 있도록 하기 위함이다.

가족친화제도는 크게 자녀 출산 및 양육지원, 유연근무제도, 가족친화 직장문화 조성 부분으로 분류해서 심사한다.

인증기준은 최고 경영층의 리더십, 가족친화 실행제도, 가족친화 경영 만족도 등으로 평가하고 중소기업의 경우는 60점 이상이면 인증이 부여되는데, 우리 다다오피스는 2016년 동종업계 최초로 가족친화인증기업으로 선정되어 그 혜택으로 법무부에서 발급하는 출입국우대카드도 받았다.

〈출입국 우대카드〉

출입국우대카드 소지자는 동반 2인까지 대한민국 국제공항출입국시 일반 검색대에 줄을 서지 않고 승무원이 이용하는 보안검색 전용출입문을 이용, 출입국우대 편의서비스를 제공받는다.

우리 회사는 업무시간에 휴식 시간을 제공함으로써 스트레스를 줄이고 친목을 도모할 수 있게 해 직원들의 좋은 반응을 얻고 있다. 야근이 없고 출퇴근 시간을 정확히 엄수하도록 하고 있으며, 육아 휴직과 출산 휴가도 법이 정한 대로 보장하고 있는 데다 결혼한 여성들은 시간근무제를 활용해 유연하게 근무에 임하도록 하고 있다. 또한 금요일마다 가족 사랑의 날로 정해 이날만은 회식이나 회사 일정을 잡지 않고 가족과 함께 시간을 보낼 수 있도록 했고, 다양한 휴가 제도를 통해 자기를 계발하고 직장과 가정생활에 균형을 꾀하도록 했다.

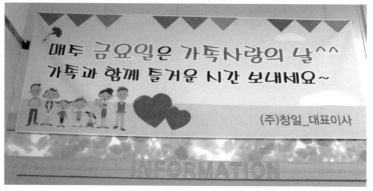

〈가족 사랑의 날 운영〉

12

대한민국 신지식인 선정,
도전한국인 대상 수상!

무일푼으로 시작한 복사용지 납품 사업을 100억 매출의 내실 있
는 중소기업으로 성장시켜 온 데에는 여러 이유가 있다. 두루두루
도움의 손길이 있었지만 여기서는 나의 경영방식과 경영마인드에
초점을 맞춰 이야기할까 한다.

먼저 고객과 끊임없이 교감하며 서비스 질을 최고수준으로 개선
했다. 사업이 확장세에 있어도 안주하지 않고 고객의 목소리에 귀
기울이며 변화를 거듭했고, 제품의 품질은 물론 서비스까지도 지
속적으로 업그레이드 시켜왔다. 이런 노력들은 결국 고객들의 신
뢰를 얻었고 온·오프라인 매장 곳곳에서 좋은 반응을 보였다.

그리고 사무용품에 한정하지 않고 생활용품, 공구, 완구, 레포
츠, 화방용품 등 10만 가지가 넘는 제품들을 구비해 원스톱 쇼핑이
가능한 융복합 매장을 만듦으로써 누구도 생각하지 못한 개념의

복합매장을 완성시켜 주위를 놀라게 했다. 다양하면서도 전문적인 제품들, 거기다 저렴한 가격까지 고객의 욕구를 충족시킬 여러 요소를 갖추어 나갔다.

한발 앞서나가는 경영전략도 한몫했다. 대한민국 최초로 폐카트리지 수거 사이트를 만들어 폐카트리지를 유상수거함으로써 환경보호에 일조하고 수거된 폐카트리지로 재생잉크를 제품화한 일, 재생토너 공장을 설립한 일, 우리 매장만의 독창적 포스 프로그램을 개발한 일, 인터넷 쇼핑몰을 운영하면서 '24시간 내 배송'을 실시한 것 등은 당시로서는 업계 최초이거나 매우 혁신적인 발상이었다. 이런 독창적 아이디어들로 인해 사업체가 급성장하는 계기가 되었다.

마지막으로 나의 열정적인 경영 마인드가 있다. 열정적이면서도 긍정적인 마음가짐은 사업체를 만들고 키우고 가꾸는 기본 중의 기본이 되었다. 운영방침에도 반영되어 직원들에게 동기를 부여하는 등 활기찬 회사 분위기를 이끌어 주었고, 이제는 직원들과 열정적으로 토론하며 함께 기업의 미래를 설계하고 있다.

나의 이런 노력들이 인정을 받아 2015년에는 대한민국 신지식인에 선정되었다. 신지식인이란 학력에 상관없이 지식의 활용 부가가치를 능동적으로 창출하고, 새로운 발상으로 자신의 분야에서 일하는 방식을 개선, 혁신하는 사람이라는 뜻이다. 2011년 4년 연

속 경영혁신중소기업 인증, 같은 해 ISO9001 인증, 2013년 예비사
회적 기업 지정에 이은 쾌거였다.

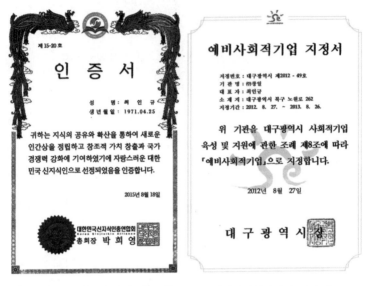

〈대한민국 신지식인 선정 인증서〉　　〈예비사회적기업 지정서〉

2016년에는 '도전한국인상'도 수상했다. '도전한국인상'은 불굴
의 의지로 도전해 나가는 사람과 삶을 발굴하고 응원한다는 취지
로, 일상 속 크고 작은 도전을 해 나가는 예술문화인, 창조경영인,
신지식인에게 수상하는 상인데, 내가 개인부문에서 대상을 수상한
것이다.

개인적으로 큰 영광이지만 수상의 영광이 빛을 잃지 않도록 부
단히 노력해야 하는 것도 나의 몫으로 남았다. 아직 젊고 꿈이 원대

하기에 초심으로 돌아가 나 자신에게 다시 파이팅을 외쳐본다.

〈도전한국인상 상장〉

The Secret of Success

05

내 성공의 비밀은
바로
이것이다

01

내 작은 점포, 다마스

처음 무점포 창업을 할 때 뽑은 차가 다마스다. 대우에서 나온 배기량 800cc정도 되는 소형 밴 자동차인데, 잠자는 시간을 빼고 늘 나와 함께 다녔으니 나의 분신이자 전부였다. 사무실이자 업무 차량이었고, 자가용이었다. 그래서 다마스에 얽힌 추억이 많다.

다마스를 사고 한 2년 정도 지나서는 상태가 많이 나빠졌다. 매일 대구 시내를 수도 없이 왔다 갔다 해야 하니 어쩔 수 없는 일이기도 했다. 아무리 고쳐도 에어컨 가스가 자꾸 빠져 한여름에 에어컨을 켤 수 없는 상태가 되었다. 그렇다고 차를 새로 살 수도 없는 형편이었다.

특히 여름에 무척 힘들었는데, 차체 앞부분이 짧아 엔진의 열기가 그대로 운전석까지 전해져 왔다. 위 철판도 태양 볕에 달궈져서 한 여름에는 아래 위에서 더해지는 열기 때문에 숨이 막힐 정도가 되었다.

당시에는 사무실 전화와 내 휴대폰 전화를 착신시켜 놓고 다녔는데, 사람들이 사무실 번호로 전화하면 나는 다마스 안에서 사무실인 것처럼 주문전화를 받아야 했다. 고객들에게 무점포 상태인 것을 들키기 싫어서 전화만 오면 다마스 창문을 꽉 닫아 소음을 차단하고 전화를 받았다. 창문도 자동문이 아니라 손잡이를 돌려야 올라가는 수동문이었다. 사무실 번호로 전화가 오면 급하게 양쪽 창문을 돌려서 닫고는 전화를 받는데, 에어컨도 안 나오는 차안에서 2-3분 가량 주문전화를 받다 보면 그 잠깐 사이에 온몸이 땀에 젖었다. 밖이 30도면 차 안은 4-50도까지 올라가는 것이다. 어쩌다 통화 시간이 5분을 넘기면 그야말로 목욕을 한 것처럼 땀에 흠뻑 젖는다. 그러다 창문을 내리면 한여름 바람이 얼마나 시원하던지. 남들은 여름이 덥다지만 그때만은 한여름 열기가 오히려 시원할 정도였다. 그렇게 몇 년을 에어컨 없이 돌아다녔다.

결혼을 하고 명절을 앞두고 시골 본가에 내려갈 때도 다마스를 타고 갔다. 남들은 성공해서 자가용을 끌고 간다지만 나는 다마스를 자가용 삼아 내려갔다. 본가인 창원으로 가려면 고속도로를 달려야 하는데 다마스 차체가 워낙 가벼워 속도를 조금만 내면 차체가 붕 떠버려 위험했다. 거기다 옆으로 화물차와 같은 대형 차량이

지나가면 옆 차선으로 빨려 들어가려해 차체 무게를 최대한 늘려서 다녀야 했다. 그래서 생각한 것이 복사용지를 꽉 채워 다니는 것이었다. 아내와 나는 시골에 갈 때는 언제나 복사용지 열 댓 박스를 싣고 갔다. 그렇게 해야 차가 뜨지 않고 균형을 잡을 수 있었고 고속도로에서 겨우 80킬로미터 속도를 낼 수 있었다. 에어컨도 안 되고 소음은 또 얼마나 심하던지 아내한테 한마디 하려면 목청을 한껏 높여야 했다. 아내와 나는 차 안에서 이야기를 많이 하는 편인데 그렇게 큰 소리로 두어 시간 이야기하고 가면 정작 어머니 앞에서는 목이 잠겨 인사를 못할 정도가 되었다.

어머니는 짐칸에 실린 복사용지를 발견하시고, 종이는 뭣 하러 가지고 왔냐고 물으셨다. 그러면 그때마다 우리 부부는 올라가는 길에 배달이 있어서 가져왔노라고 둘러댔다.

처가 식구들과 청도 운문댐으로 나들이를 갈 때 일이다. 위 동서들과 처제는 모두 자가용을 끌고 왔는데 우리 부부는 역시나 다마스를 끌고 갔다. 처가 식구들 중 가장 못 살고 있을 때여서 아내는 다마스를 타고 가는 것이 좀 부끄러웠다고 했다. 하지만 내 상황이 이러니 당연한 것이었고, 나는 부끄러운 줄도 몰랐다.

그때도 복사용지를 싣고 갔지만 짐칸이 넓으니 장모님께 짐을 모두 우리 차에 실으라고 했다. 복사용지 위에 캠핑짐을 싣고 가는데, 운전을 하면서 나는 짐을 실은 것이 실수라는 것을 그때서야 깨달았다. 길은 구불구불하고 비탈진데 차가 무거우니 속도가 안 났다. 아무리 액셀을 밟아도 다른 동서들의 차를 따라갈 수 없었다. 둘째 동서와 처제는 먼저 가버리고 맏동서가 길잡이를 했는데, 속도가 너무 느리니 맏동서가 가다 서다를 반복하며 우리를 끌고 갔다. 제일 뒤처져서 내비게이션도 없이, 거기다 에어컨도 못 켜고 경운기처럼 달달거리며 겨우 따라갔다.

더운데 창문은 왜 내리고 가느냐고 맏동서가 물었을 때도 우리 부부는 차마 에어컨이 안 된다는 말은 못하고 "에어컨 바람 싫어한다. 자연바람이 좋다."는 말로 넘기고 말았다.

짐이 모두 우리 차에 있어서 그날 처가 식구들은 아무것도 못 먹고 우리가 도착할 때까지 한참을 기다렸다. 도착해서는 길을 몰라서 늦었다고 말했지만 아내는 부끄럽고 미안한 티를 안 내려고 속으로 많이 참고 참았던 모양이다. 그때가 경제적으로도 어려웠고, 우리 형편이 가장 안 좋을 때여서 더 그랬을 것이다. 나도 그 일 이후 40살 전에 꼭 우리나라에서 제일 좋은 차를 타고 말겠다고 마음먹었던 것 같다.

신혼 때 빌라를 얻어 살 때 일이다. 집들이를 해야 하는데, 집이 구석진 데 있어서 손님이 오면 차로 모셔 와야 했다. 그날도 손님들이 차를 나눠 탔는데, 손님 한 사람이 남아서 내 다마스에 같이 타야 했다. 다마스에는 운전석과 조수석 딱 두 개인데, 손님이 타면 아내가 앉을 자리가 없었다. 나는 운전을 해야 하니 운전석에 앉고 손님은 손님이니까 조수석에 앉혔다. 그리고 아내는 뒤 짐칸에 태웠다. 아내는 그 뒤로 손님이 올 때마다 몇 번을 짐칸 복사용지 위에 앉아서 다녀야 했다. 한번은 아내가 자기가 운전을 할 테니 나보고 짐칸에 앉아서 가라는 것이다. 아내가 운전을 해 보더니 "핸들이 돌아가 있는데 그동안 어떻게 운전하고 다녔냐?"며 깜짝 놀랐다. 사실 그전부터 핸들이 돌아가 고장 나 있었지만, 수리비용이 많이 나와서 살짝 삐뚤어진 채로 운전을 해 왔다. 그렇게 운전하다보니 나는 손에 익고, 늘 신경 쓰면서 운전하기 때문에 아무렇지도 않았는데 아내는 그렇지 않았던 것이다. 수리비 몇십 만 원이 부담이 되어 늘 위험을 무릅쓰고 배달을 다녔던 것이다. 지금도 그때 서로 짐칸에 태웠다고 불평 아닌 불평을 하지만 지나고 나니 다 재미있는 추억이 되었다.

02

내겐 정말 중요한 시험, 운전면허!

일적인 면에서는 자신감이 넘치고 아이디어가 번득이지만 생활적인 면에서 나는 다소 무디고 고지식한 편이다. 그런 것을 보면 사람이 다 잘할 수는 없는 것이다. 문화생활도 즐길 줄도 모르고, 앞만 보고 직진만 하는 이런 나를 다 받아주고 이해해준 사람은 바로 아내였다. 요즘 여자들 같았으면 가슴을 치며 답답해했을지도 모른다.

연애 시절에 나는 돈도 없고 아는 것도 없는 놈이었다. 교회생활 10년간 세상과 단절되어 있었기 때문에 제대로 된 문화생활도 해본 적 없었고, 세상이 어떻게 돌아가는지도 잘 몰랐다. 그러니 데이트를 하면 남자가 리드를 해야 하는데, 우리는 늘 아내가 나를 여기저기 데리고 다녔다.

한번은 록 콘서트를 한다고 해서 따라갔다. 어쨌든 공연장이니 나름 차려입고 나갔다. 늘 매던 넥타이를 매고 양복을 입고 공공칠 가방을 들었다. 머리에는 포마드를 발라 머리카락 한 올 흐트러짐 없이 단정히 빗었다. 아내는 콘서트장에 공공칠가방이 웬 말이냐고 타박을 했다.

콘서트장에 갔는데 마침 우리가 앉아야 할 좌석이 무대가 바로 보이는 제일 앞자리였다. 앞에는 시시 관람히는 스탠딩 관객들이 있고 약간 윗부분에 좌석이 마련되었는데 그 한 가운데가 우리 두 사람의 자리였던 것이다. 가수가 보면 제일 잘 보이는 자리였다.

록 가수가 소리를 지르며 노래 부르자 사람들이 일제히 일어나서 춤추고 환호성을 질렀다.

'왜 일어나는 거지? 꼭 일어나야 하나?'

록 콘서트장에 처음 와보니 그 분위기를 몰랐던 것이다. 사람들이 모두 일어나 열광했지만 나는 노래도 시끄럽고 어색하기도 해서 꼿꼿하게 앉아 있었다. 가수가 자꾸 일어나라고 했지만 그냥 감상만 한 것이다.

"오늘 저 분을 꼭 일으켜 세우고 말겠습니다."

급기야 가수가 이렇게 고함을 질렀지만 노래가 끝나도록 나는 일어나지 않았다. 왜 내가 일어나야 하는지 이유를 알 수 없었다. 그러니까 공연이 끝나갈 쯤 가수가 아내에게 애인이냐고 물었다. 아내가 고개를 끄덕이자 "정말 대단한 사람을 만나셨네요." 했다.

아내는 그때를 회고하며 '마치 국정원에서 나온 사람 같았다'며 웃는다. 만약 지금 록 콘서트장에 간다면 나는 일어나 열렬히 환호하고 즐겼을 것인데…. 그때 인디밴드 록 가수에게 심심한 사과를 드린다.

운전면허를 하루 앞두고 아내와 음악카페에 갔다. 그때는 복사용지 사업을 앞두고 마음이 많이 복잡할 때였다. 일단 운전면허를 따야 배달 일을 할 수 있기에 나에게 운전면허 필기시험은 그 무엇보다 중요한 시험이었다. 그래서 누구보다 열심히 공부했다.

아내가 쪽지를 주며 노래 신청을 하라고 했다. 융통성이나 눈치가 조금이라도 있었으면 그러지는 않았을 텐데, 나는 쪽지에다 이렇게 쓰고 말았다.

"내일 굉장히 중요한 시험을 앞두고 여자 친구와 왔습니다. 여자 친구를 위해 잠시 시험공부를 접어두고 왔습니다. 신청할 노래는 잘 모르겠으니 알아서 틀어주세요."

DJ가 읽으며 당황했을 것이다. 아내는 내가 무슨 고시라도 앞두고 있는 것 같았다고 말했다. 그런데 운전면허 필기시험이라니, DJ는 중요한 시험이 무엇인지는 모르겠지만 꼭 잘 보라고 격려해주었다. 그리고 다음 날 나는 운전면허 필기시험에서 만점에 가까운 점수를 받았다. 시험장에서 나는 사람들에게 큰 웃음과 박수를 함께 받았다.

돌잔치 초대를 받고 가는 길이었다. 마침 처형과 같이 차를 타고 가게 되었다. 가을이라 단풍이 곱게 물들어 있는 것을 보고 처형이 단풍이 곱다며 사진이라도 한 장 찍고 가자고 제안했다. 시계를 보니 돌잔치 시작 시간 6시가 다 되어 가고 있었다. 빨리 가야 시간을 지킬 것 같아 안 된다고 했다. 그러자 처형이 급한 약속이 있느냐고 물었다.

"돌잔치 갑니다. 6시까지 가기로 약속을 해서 시간이 없습니다."

그 소리를 듣고 처형이 입을 다물지 못했다. 잠깐 내려 사진 찍는데 2-3분이면 되는데, 돌잔치 시간에 늦을까 봐 안 된다니, 지금 생각하면 처형이 놀란 이유를 알 것 같다. 처형이 나중에 아내에게 이렇게 말했다고 한다.

"최 서방 진짜 독하더라. 돌잔치에 딱 시간 맞춰 가는 사람이 어디 있다고…. 하하."

지금도 나는 약속 일이십 분 전에는 나간다. 차가 막히면 막힐 것을 감안해서 나간다. 내가 늦으면 상대방의 시간을 잡아먹게 되고 상대방은 시간적 손해를 보게 되니 실례가 되기 때문이다. 하지만, 지금은 융통성을 발휘해야 할 때가 있다는 것을 너무도 잘 아는 나이가 되었다.

배달 일을 할 때, 나는 아침 7시에 일어나 샤워를 하고 출근준비를 했다. 무점포에 배달일이라 배달이 들어오면 나가도 상관없지만 그러지 않았다. 출근할 때가 없어도 8시 전에는 모든 준비를 마치고 전화기 앞에 앉았다. 전화가 오면 바로 나가기 위해서다. 그리고 일찍 일어나 목소리를 가다듬어 놓지 않으면 주문 전화를 받을 때 목소리가 갈라지기 때문에 항상 한 시간 전에는 일어나야 했다. 사람은 움직이는 중에 전화를 받아야 진짜 일하는 사람의 목소리가 나온다. 나는 목소리 관리까지 했다.

그리고 항상 넥타이를 맸다. 배달도 하고 영업도 해야 하는데, 허름한 것보다야 깔끔한 것이 낫지 않는가. 넥타이 매고 조끼 입고 들어가면 받아들이는 입장에서도 정중하게 대하는 것 같았다. 내가 있어 보이면 상대도 있게 대하고, 내가 없이 보이면 상대도 없이 대한다는 것을 알고 있었기에 항상 넥타이만은 꼭 매고 다녔다. 더운 여름에도 그랬다.

이런 내 모습을 보고 아내는 내가 존경스럽고 신기했다고 한다. 비록 자상하지도 다정다감하지도 않지만 원리원칙을 지킨다는 믿음을 주었고, 무슨 일을 하던지 꼭 성공할 사람이라는 인상을 받았다고 한다. 이런 고지식했던 내 모습을 존경의 눈으로 바라봐 준 아내야말로 나의 천생배필이 아닌가 한다.

03

나도 나름 로맨티시스트

아내와 연애할 때의 일이다. 3월에 아내 생일을 앞두고 선물로 무엇을 해줄까 고민을 했다. 아내가 와서 자기 사무실 여직원이 남자친구에게 꽃바구니를 받고 자랑한 얘기를 하는 것이다. 아내가 무척 부러워하는 것 같아서 나도 생일에 꽃을 사주어야겠다고 생각했다.

아내의 생일날도 배달이 많았다. 마침 계명대 앞을 지날 때 꽃집이 보여서 가는 길에 갖다 주려고 꽃을 샀다. 한 번도 꽃을 선물해 본 적이 없는 데다, 바빠서 어떤 꽃이 예쁜지 고를 시간도 없었다. 나는 얼른 내려서 보이는 대로 꽃다발을 샀다.

아내 회사 앞에 다마스를 세우고 꽃다발을 들고 내렸다. 사무실에 들어가니 누구냐고 묻기에 "정미 씨 남자 친굽니다."라고 당당히 대답했다. 그런데 아내는 내가 생각한 것만큼 반기지 않았다.

바쁜 시간 내서 꽃까지 사왔는데, "다시는 이런 짓 하지 마라."는 말만 돌아왔다. 도대체 내가 무엇을 잘못했는지 알 수 없었다.

나중에 아내가 그때 이야기를 할 때까지도 아내가 왜 그렇게 말했는지를 알지 못했다. 아내는 배달 조끼를 입고 이름 모를 꽃을 한 아름 들고 들어오는 내가 부끄러웠던 것이다. 남들 눈에 좀 멋있는 남자 친구로 보이기를 바랐는데, 깡마른 몸에 얼굴은 시꺼멓게 그을려 있고, 땀에 절어서 들어오니 남자 친구라기보다 배달 다니는 배달원처럼 보였던 것이다. 거기다 자가용도 아닌 다마스까지 끌고 오니 아내는 제발 내가 회사에 안 찾아와 주었으면 했단다. 꽃도 장미꽃이나 안개꽃 같이 여자들이 좋아하는 꽃이 아니라 이름도 모르는 이상한 꽃을 사왔는데, 그마저 시들시들했단다. 나는 솔직히 그때 무슨 꽃을 사갔는지 자세히 기억나지는 않는다. 아내가 싫다고 했지만 그 뒤로도 나는 몇 번이나 꽃을 사들고 갔다.

꽃 얘기를 하면 계속 꽃만 사다 주니 아내는 그 뒤로 나에게 뭔가 해달라고 하는 것이 겁이 났다고 한다. 주변 상황이나 분위기를 파악하지 못하고 하나부터 열까지 다 가르쳐 주어야 하고, 가르쳐 주지 않으면 아무 것도 모르니 점점 남자친구에게 바라는 것이 없어졌다고 한다. 당시는 여자 친구에게 해 줄 수 있는 이벤트를 딱 한 가지만 알고 있었던 것이다.

꽃을 몇 번 사 주니까 아내는 자기가 좋아하는 꽃과 함께 구체적으로 여러 요구사항을 설명해 주었다. "나는 이런이런 꽃이 좋다. 꽃다발을 좋아하지는 않지만 굳이 사야 한다면 차라리 꽃바구니를 사 달라, 사무실에 오지 말고 배달을 시켜 달라. 꽃을 보내려면 카드도 적어 주면 좋겠다." 이런 내용이었다.

하루는 빵을 먹으면서 이야기를 하다가 말다툼을 했다. 아내는 화가 나서 빵을 먹다가 가버렸다. 화해는 해야겠는데 전화하기는 멋쩍고, 마침 아내가 꽃바구니 사달라고 했던 것이 기억나 아내 말대로 꽃 배달을 시켰다.

카드에는 "니가 어제 먹던 빵 그대로 있다. 와서 먹어라!" 이렇게 썼다. 미안하다고 말하고 싶었지만 이상하게 그런 말을 하는 것이 쉽지가 않았다. 그렇게 써 놓으면 대충 내 마음을 이해해 줄 것으로 알았다.

아내가 기뻐할 것이라고 생각했는데, 아내의 반응은 또 나의 바람과 달랐다. 아내 회사에 꽃바구니가 배달되자 여직원들이 우르르 몰려와 부러워했던 모양이다. 아내는 어제 싸웠기 때문에 '미안하다, 사랑한다'는 말을 기대하고 사람들 앞에서 카드를 펼쳤는데, 거기에는 '와서 빵 먹어라'는 엉뚱한 말이 적혀 있으니 직장 동료들이 "네 남자 친구 참 특이하구나." 라며 옆에서 모두 어색하게 웃었다고 한다. 지금 생각하면 시트콤 같은 이야기이다.

또 가끔씩 아내 회사 여직원들은 점심시간에 모여 앉아 그 자리에서 자기 남자 친구들에게 전화를 하곤 했다. 나는 당시 상황을 모르니 전화를 제대로 받아 줄 수 없었다. 배달 다니느라 바쁘고, 배달 전화가 언제 올지도 모르는 상황에서 한가하게 여자 친구와 수다를 떨고 있을 상황이 아니었다. 그러니 여자 친구 전화가 오면 끊기 바빴다. 여자 친구와는 일을 마치고 나중에 전화를 하면 되기 때문이다. 그런데 아내 회사 여직원들은 전화만 하면 끊으라고 하는 내가 이상했던 것이다. 아내의 동료들은 '남자 친구가 좀 이상하다. 사랑하지 않는다, 네가 남자를 처음 사귀어 봐서 잘 모른다'는 등의 여러 가지 말로 아내를 설득했단다. 하지만 아내는 사람들이 옆에서 아무리 그렇게 말해도 나에 대한 믿음이 있었다고 한다.

아내는 말만 번지르르 하고 자기 절제나 통제를 못하는 사람을 싫어했는데, 나는 표현이 서투르고 잘해주지는 않아도 진심이 느껴져서 좋았다고. 생활능력이 있고, 자기 절제를 잘하고, 무엇보다 약속을 잘 지켜서 믿음이 가서 끝까지 내 곁에 있어 주었노라고 말했다. 그리고 워낙 잘 모르고 못하는 사람인데 가르쳐 준 일에 대해서만큼은 열심히 잘해 주려고 노력하니 더 크게 감동을 받게 되더라는 것이다. 이런 것을 보면 나도 나름 매력 있는 사람 아닌가?

04

이 결혼 반댈세!

장모님은 처음부터 나를 사윗감으로 탐탁잖게 생각하셨다. 아내 말로는 '아무 것도 없는 남자'라고 나에 대해 얘기 했을 때, 장모님은 진짜 10원도 없는 남자인 줄 몰랐단다. 많지는 않아도 보증금이나 장사해서 벌어 놓은 돈이 그래도 조금은 있겠지 하셨단다. 그런데 진짜 아무것도 없는 것을 아시고는 결혼을 반대하셨다. 아는 교회 오빠인데 차 한 대 끌고 장사를 다닌다고 하니 아예 집에도 데리고 오지 말라고 하셨단다.

"니가 남자를 처음 사귀어 봐서 모른다. 가진 것 없는 사람 니가 성공시키려고 하면 나중에 너만 고생한다. 너는 평강공주가 아니다. 헤어져라."

어느 날 아내가 와서 어머니가 이런 이유로 결혼을 반대한다고 말했다.

가진 것 없는 놈한테 가진 것 없다고 말하는 것이 틀린 말도 아니고, 부모 된 입장이라면 그럴 수도 있겠다는 생각은 들었지만 자존심은 많이 상했다.

꼭 성공해서 보란 듯이 장모님 앞에 서고 싶었지만 당장은 내가 보여줄 수 있는 것이 아무 것도 없었다. 일이 안정되기까지 1년이 될지 10년이 될지 모르는 상황에서 혼기가 꽉 찬 아내를 마냥 붙잡고 있는 것도 염치없고 남자답지 못하다는 생각도 들었다.

머리가 많이 복잡했다. 가장 어려울 때 옆에서 도와준 사람인데 아내마저 떠나면…, 솔직히 나는 그 뒤를 생각하기도 싫었다.

"너거 엄마 말이 맞다. 네가 가고 싶으면 언제든지 보내줄 테니까 니 발로 가라. 근데 분명 후회는 할 끼다. 왜냐하면 내 옆에 있는 사람은 무조건 행복하게 돼 있으니까."

경상도 남자라서 그런지 나는 이럴 때 예쁘게 말을 못한다. 이 말은 곧 "내가 행복하게 해줄 테니 내 옆에 있어 달라."는 말이었다.

그리고 또 나는 이렇게 말했다.

"나는 니 안 잡는다. 성공하면 분명히 여자들이 줄을 설 텐데, 그때 가서 뒤에 줄 서지 말고 옆에 있을 때 붙어 있어라."

이 말은 곧 "가지 말고 내 곁에 있어 달라"는 말이다.

내가 그렇게 튕긴 것은 기다려 달라는 말조차 할 수 없을 정도로 너무 가진 게 없어서 비굴해지기 싫어서 그런 것이다. 마지막 자존심은 지키고 싶어서.

아내는 가지 말라고 붙잡아 주길 원했단다. "조금만 참고 기다려 달라."는 말을 기대했는데, 그런 식으로 나오니까 섭섭했던 것이다. 뭘 믿고 저렇게 건방지나 하는 생각이 들다가도 너무 당당해서 오히려 내 곁을 떠나면 진짜 후회할 것 같은 생각이 들었단다. 연분이라는 것이 있는 것인지 결국 아내는 나를 떠나지 않았다.

그렇게 3년을 사귀고 있을 무렵, 아내가 식구들이 다 모여 있으니 인사나 하고 가라며 나를 자기 집으로 끌고 들어갔다. 아내를 만나러 왔다가 준비도 없이 들어간 것이다. 당시가 설날 다음 날이라서 장모님을 보고 인사 겸 해서 절을 하려고 했다. 그런데 장모님이 절은 절대 하지 말라는 것이다. 앞으로 어떻게 될지도 모르는 사이니 절을 받기가 부담스럽다는 것이다.

안 그래도 장모님이 나를 좋아하지 않는다는 것을 알고 있었는데 그렇게 대하시니 속으로 당황스러웠지만 넉살 좋게 웃고 말았다. 당황스런 상황이었지만 장모님 마음을 어느 정도 이해할 수 있었기에 그렇게 화가 나지는 않았다.

결혼 이후 아내는 일이 바빠 친정에 자주 가지 못했다. 어쩌다 장모님이 찾아오면 아내는 일 때문에 장모님을 제대로 대접해 주지도 못했다. 그때마다 장모님은 마음 아파했다. 어쩌면 끝까지 결혼을 반대하지 못한 것을 후회하셨을 지도 모른다. 하지만 점점 사업체가 커지고 여유를 찾아가는 것을 보면서 흐뭇해하셨다. 나에 대한 편견도 없어지셨고, 오히려 나의 마음 씀씀이를 칭찬하시기도 했다.

결혼 10년 쯤 되었을 때는 40평대 아파트로 이사를 했다. 장모님이 무척 기뻐하셨다. 아무것도 없이 시작해서 지금은 형제들 중에 가장 잘살고 있으니 이제는 장모님의 사랑을 듬뿍 받고 있다. 이렇게 잘사는 모습을 보여드릴 수 있어서 얼마나 다행인지 모르겠다.

05

내게 선물 같은 존재, 아내

1999년 봄, 하루에 만 원도 벌고, 이만 원도 벌 때의 일이다. 아내에게 처음 50만 원을 빌리고는 매일 일수를 찍으며 갚아나가고 있었다. 일수를 찍으며 우리는 거의 매일 만났다.

하루는 동성로 거리를 걷다가 신발 가게를 지나치게 되었다. 아내가 운동화를 보면서 예쁘다고 하기에 그냥 지나칠 수 없었다. 얼마냐고 물었더니 만 원이라고 했다. 마침 주머니에 딱 만 원짜리 한 장이 있었다. 그날 순수익이 만 원이었던 것이다. 이 돈으로 아내를 위해 뭔가 할 수 있다는 것이 기뻤다. 남색의 동글동글한 모양의 운동화가 아내와 닮은 듯 잘 어울렸다. 직접 무릎을 꿇고 앉아 아내에게 운동화를 신기고 끈도 묶어 주었다. 아내의 발도 얼마나 예쁘던지 발도 만져 주었다. 아내는 지금도 얘기한다. 당시 신발을 신겨주는 내 표정이 그렇게 행복해보일 수 없었다고. 운동화를 보면 그때 나의 행복했던 얼굴이 떠오른다고 말이다. 아내는 그 운동화를 몇 년을 신고 다녔다. 그리고 그 낡은 운동화는 18년째 신발장을 지키고 있다. 아내가 좋아하는 모습을 보니 얼마나 기분이 좋던지 아름다운 추억의 한 장면으로 남았다. 아내는 그때 받았던 선물이 가장 감동적이었다고 말한다.

아내와 사귀고 나서 아내의 첫 생일날, 날짜를 제대로 챙기지 못하고 그냥 지나가게 되었다. 아내는 당연히 삐쳐서 말을 하려 하지 않았다. 그런데 그때 미안하다고 했어야 했지만 왜 생일을 꼭 그날 챙겨야 하는지 이해가 안 되는 것이다. 그날 바빠서 못 챙기면 다음 날 챙기면 되는 것 아닌가 생각했다.

〈아내에게 선물한 운동화〉

"생일을 꼭 그날 챙겨야 하나? 숫자가 그렇게 중요한 건가?"

내가 해맑게 묻자 아내는 할 말을 잃었다. 내 얼굴을 보니 핑계를 대거나 피해가려고 묻는 것이 아니라 진짜 몰라서 물어보는 것 같았다고 말했다.

"생일은 엄마가 니를 낳은 날인데 고생한 부모님한테 선물해야 되는 것 아닌가?"

내가 생각 없이 또 불쑥 말을 하자 아내는 한참을 생각했다고 한다. 그러고 보면 남자 친구 말이 맞을 수 있다는 생각에 아내는 다음 날 선물을 사들고 부모님께 갖다 드렸다고 한다.

아내도 생각하는 것이 좀 남다른 사람이다.

그리고 결혼 10년 동안 아내는 생일 선물로 통닭을 받았다. 당시는 바쁘기도 하고 돈이 없어 선물을 할 마음의 여유를 내지 못했다. 우리 두 사람 모두 통닭을 좋아하니 생일날만 되면 통닭을 한 마리 튀겨 놓고 맥주를 마셨다. 매번 통닭을 사 가니 아내도 생일 선물 받는 것을 포기하고 그러려니 했다. 오히려 아내는 똑같은 통닭이라도 생일날 먹는 통닭은 맛이 다르고 느낌이 다르다면서 좋아하기에 이르렀다.

그리고 결혼 10주년, 나는 그동안 고생한 아내를 위해 제대로 된 선물을 하나 해주고 싶었다. 여자들이 어떤 선물을 받고 싶어 하는지를 거래처 사모님께 물었더니 그 사모님이 명품 가방을 사 주라고 조언해 주었다. 장사도 잘될 때였으니 돈이 들어도 좋은 선물을 하고 싶었다.

"까짓것, 명품 하나 사 주지 뭐. 그동안 고생했으면 명품 하나 정도는 들어도 되잖아!"

명품 가방과 아내 이름을 새긴 장지갑을 샀다. 돈도 꽤 들었고, 여자들이 좋아한다니까 아내도 기뻐할 줄 알았다. 그런데 아내의 반응은 영 시큰둥했다. 예상만큼 크게 기뻐하지 않아 오히려 내가 실망스러웠다. 평소 명품이나 반지, 목걸이 이런 것에 관심을 내비친 적은 없었지만 진짜 관심이 없는 줄은 몰랐다. 명품을 가져보지 않았으니 명품의 가치를 몰라서 그런 것인지도 모르겠다.

"뭐지? 기저귀도 못 넣고 다니겠네." 하며 가방을 이리저리 살폈다.

하지만 아내는 나중에 가방을 사 준 것보다 선물을 사기 위해 누군가에게 물어보고 어떤 것을 살까 고민했다는 그 사실 자체가 고마웠다고 말해 주었다. 아내는 선물보다 마음을 받는 것이 더 행복하다고 했다. 그래서 지금까지도 아내에게 가장 감동을 준 선물은 만 원짜리 운동화이다.

결혼을 하고 쇼핑몰이 안정될 때까지 내 머릿속에는 일 생각밖에 없었다. 그래서 아내에게도 소홀했던 점이 많았다. 큰 아량으로 이해해주는 아내에 대한 고마움은 늘 한결같다. 한번은 아내에

게 무엇을 받고 싶으냐고 물었더니 값비싼 물건은 필요 없고, 정성
스러운 편지 두 장만 써 달라는 것이다. 그래서 나는 나름 고민해서
편지를 써 주었는데, 편지를 읽은 아내가 편지라기보다 '인생설계
기획서'같다고 하면서 피식 웃어 버리는 것이다.

"내가 사업을 어떤 방법으로 확장해서 언제까지 사모님 소리를
듣게 해주겠다. 나는 꼭 성공할 것이다. 豚돼지, 나는 돼지띠다이 돈을
얼마나 버는지 옆에서 지켜 봐 달라."

뭐 대충 이런 내용이었다.

평소 시집을 즐겨 읽던 아내였으니 이런 딱딱한 내용의 편지가
마음에 와 닿을 리가 없었을 것이다. 아내가 바라는 것이 큰 것이
아니라는 것을 알면서도 매번 실수만 하니 아내에게 그저 미안한
마음이다. 아내야말로 신께서 내게 주선 선물이 아닌가 한다.

06

그놈 효자다!

나는 어떤 일에 빠지면 끝장을 보는 성미라 아무것도 돌아보지 못한다. 오로지 그 일에만 매달리는 성격이라 가정생활을 많이 챙기지 못한 것이 사실이다. 그런 빈자리를 아내가 모두 매워주었다.

아이도 결혼 7년간 낳을 엄두를 못 냈다. 일이 너무 바쁘니 아이를 가지면 이도저도 안 될 것 같아 미루고 미룬 것이 7년이 걸린 것이다. 처가는 처가대로 부모님은 부모님대로 우리 부부만 보면 왜 아이를 갖지 않느냐고 채근하셨다. 1-2년도 아니고 7년이란 긴 시간이 흐르니 양가 부모님은 걱정 속에서 애를 태우셨을 것이다.

그러다 7년 만에 아이를 가졌다. 하필 그때가 인터넷 쇼핑몰을 시작할 무렵이어서 가장 바빴던 때이기도 했다. 아이를 가졌다는 소식에 기쁜 마음이야 누구보다 컸지만 임신한 아내 곁에서 함께 기뻐할 여유가 없었다.

내 머릿속에는 쇼핑몰 홈페이지를 어떻게 업데이트 시켜나갈까 아이디어를 짜내느라 바빴고, 마케팅은 어떻게 할 것인지, 다른 쇼핑몰은 어떻게 하고 있는지를 배우러 다녀야 해 몸이 열 개라도 모자랄 지경이었다. 유능한 프로그래머와 광고기획자를 만나야 하고, 기존 쇼핑몰 관계자들을 만나느라 일주일에 절반 이상을 집에 들어가지 못한 때도 많았다.

아내도 배가 부른 상태로 일을 계속했다. 출산일이 다가와도 일을 손에서 놓을 수가 없었던 것이다. 그래서 그때 우리 부부에게는 작은 소원이 생겼다.

"이 아이가 일요일에 태어났으면…."

일주일 중 쉬는 날이 일요일 하루뿐이니 그날 아이가 태어나야 내가 병원에라도 갈 수 있을 것 같아 그렇게 말했다. 아내도 마찬가지로 토요일 저녁이나 일요일 아침에 태어나기를 바랐다. 그날 하루만이라도 마음 편하게 쉬고 싶다는 소박한 마음에서다. 남들은 출산이 임박하면 친정에 가서 어머니의 보살핌도 받고 남편도 실컷 부려먹어 보고 한다는데, 내 아내는 일찌감치 그런 것들은 포기한 듯 보였다.

"응애~!"

2007년 12월 16일, 드디어 나의 첫 아들이 태어났다. 일요일 새벽 5시였다. 다행히 쉬는 날이라 병원에 갈 수 있었다.

"그놈 효자다!"

내가 아이를 보고 처음 한 말이다. 엄마 아빠가 바쁜 것을 알고, 알아서 일요일 태어나주니 얼마나 고맙던지. 아이를 처음 보았을 때의 벅찬 감정이야 말로 다 표현할 수 없다.

그날 하루 아들 덕에 병원을 왔다 갔다 하며 쉬었다. 하지만 다음 날부터는 병원에도 못 갔다.

아내의 산후조리를 위해 산모도우미를 불렀다. 나는 당시 집에도 못 들어갈 정도로 미팅이 많이 잡혀 있었고, 새로운 아이디어를 쇼핑몰 홈페이지에 적용시키려 백방으로 돌아다닐 때였다. 겨우 점심시간에 한 번 들러 아이 얼굴이나 보는 정도였다.

하루는 집에서 점심도 먹고 아이도 볼 겸해서 들렀다. 아이는 아내 곁에서 새근새근 잠들어 있었다. 아이의 얼굴을 보는 그 순간만큼은 모든 피로가 풀리고 긴장감이 사라지는 것 같았다.

아내와 둘이 식탁에 앉아 점심을 먹으면서 이런저런 이야기를 하다가 결국에는 일 이야기를 한 모양이었다. 홈페이지를 새로 구축하면서 어떤 아이디어를 접목시켰는지, 홍보비는 어떻게 썼는지 아내에게 말하기 시작했다. 아내도 회사 일이 걱정이 되어 이것저것 물었다. 우리 둘은 식탁을 사이에 두고 회사 일 이야기만 했다.

그것을 본 산모도우미가 나중에 아내에게 이렇게 말했다고 한다. 아기를 보기 위해 낮에도 들어오는 것을 보고 무척 가정적인 아빠라고 생각했는데, 알고 보니 와서 일 이야기만 하고 가더라고.

아내는 그런 나를 끝까지 믿고 이해해 주었다. 둘째가 태어났을 때도 거의 아내 혼자서 키웠다. 혼자 원망도 많이 하고 속상했을 것이다. 아내는 너무 힘들어서 법륜스님의 테이프를 꺼내 도를 닦는 심정으로 들었다고 한다. 남편 일을 아예 모르면 화를 퍼부을 수 있을 것 같은데 남편이 고생하고 다니는 것을 너무도 잘 알아서 화도 못 냈다고.

아내가 그렇게 믿어 주었기에 내가 쇼핑몰에 집중할 수 있었고, 그래서 단시간에 대한민국 1위를 할 수 있었다. 그 뒤로 계속 1위를 유지했으니 아마도 우리 두 아이가 복덩이가 아닌가 생각한다. 물론 아내의 희생은 두말할 필요도 없다.

07

어머니는 부처님 반 토막

내 어머니를 아는 사람들은 '부처님 반 토막' 같은 분이라고 말들한다. 아내는 나에게 불만이 생겼다가도 시부모님을 생각하면 저런 시부모님 밑에서 자랐으니 절대 나쁜 일을 하고 다닐 사람은 아닐 것이라고 마음을 다잡는다고 한다.

며느리와 시어머니가 어떤 사이인가? 그런데도 아내는 나보다 어머니를 더 믿고 따른다. 형수들이나 제수씨도 그렇게 말한다. 우리 집 며느리들은 시어머니에게 불만 같은 것은 전혀 없다.

내가 아내를 처음 데리고 갔을 때가 떠오른다. 부모님은 내 나이가 서른이 다 되어 가니 결혼을 빨리 하기를 바라셨다. 내려갈 때마다 여자 친구가 없는지 물으시니 하루는 아내에게 한 번만 가서 인사만 해 달라고 졸랐다. 당시는 사귈 때가 아니어서 아내는 많이 망설였지만 내 마음에는 이미 내 아내가 될 사람으로 확신했던 터였다.

그래서 그때 내가 이렇게 말했다.

"네가 안 가면 다른 여자 데리고 간다. 근데 우리 부모님이 너 같은 인상을 좋아하니까 나는 네가 가주면 좋겠다."

반 협박으로 아내의 승낙을 받아냈다. 그리고 시골에 내려갔더니 친척들이 다 모여 있었다. 아내는 부모님만 계실 줄 알았는데 친척들까지 다 와 계시니까 이러다가 진짜 결혼하는 것은 아닌가 당황스러웠단다. 하지만 곧 부모님과 친척들이 얼마나 잘 해주던지 이 집에 시집오면 참 좋겠다는 생각으로 바뀌더란다. 어머니는 아내가 일을 도우려고 하면 엉덩이가 가벼워서 참 예쁘다고 하시고, 웃으면 웃는 모습이 복스럽다고 칭찬하셨다.

아들이 처음 여자 친구를 데려오면 부모님이 어떤 분인지, 직장을 어디 다니는지 이것저것 물어볼 법도 하건만 어머니는 아내에게 딱 한 가지만 물으셨다.

"너 우리 인규 좋아하나?"

아내가 "네"라고 대답하자 어머니는 "그라마 됐다."하시며 더 이상 아무 것도 묻지 않으셨다.

아내가 결혼 결심을 한 것도 어쩌면 우리 부모님 덕분이 아닐까 한다.

어머니는 한 번도 잘못한 일을 지적하시거나 고치라는 말씀을 하시지 않았다. 항상 좋은 것만 골라서 칭찬하셨다. 손주가 호기심이 많아 이것저것 끄집어내 어질러 놓으면, 야단은커녕 "야가 하는 짓이 다른 아하고 다르다. 장차 크게 될 끼다."라고 칭찬하신다.

며느리가 웃으면 "니가 그렇게 맨날 웃으니까 애들도 잘 크고 복도 받는 기다."라고 하신다.

내가 어머니 쓰시라고 용돈을 부쳐 드리면 어머니는 꼭 아내에게 전화를 한다. 아내는 아들이 주는 용돈이니 맘 편히 쓰시라고 하는데도 어머니는 "아가, 인규가 용돈을 주고 싶어도 니가 싫다고 하면 못 주는 긴데, 니가 그리 마음을 써주니 고맙다."고 하신다.

아들네 집에 올 때도 한 번도 불쑥불쑥 찾아오는 법이 없다. 오실 때는 항상 전화를 해 보고 오시고, 아들 집에 와서도 며느리 허락 없이 냉장고 문 한 번을 안 열어 보시는 분이다. 냉장고뿐만 아니라 며느리 몰래 살림살이를 들추어 보시는 법이 없다. 며느리가 살림을 엉망으로 살아도 거기에 대해 잔소리 한마디를 안 하신다.

언젠가 어머니가 석 달간 우리 집에 오셔서 살림을 대신 살아 준 적이 있었다. 아내가 저녁 늦게 퇴근하면 밥도 차려주시고, 아침에 못 일어나도 깨우지를 않으셨다. 오히려 며느리가 깰까 봐 조심조심 아침을 차리셨다. 며느리가 퇴근하고 들어왔는데, 집안이 더러우면 청소를 못 해놨다며 오히려 미안해하셨다. 나는 아내가 한 번도 시어머니에 대해 싫은 소리 하는 것을 들어본 적이 없다. 그것은 다른 며느리들도 마찬가지다.

우리 형제들은 부부싸움을 하면 며느리들이 모두 시어머니에게 전화를 한다. 아들이 이런이런 잘못을 해서 싸웠노라고 시어머니에게 이르면 어머니는 다음 날 가서 우리 아들들만 혼을 내신다. "네가 잘 해야지 며느리가 잘 하지."라고 하시면서 말이다.

그렇게 하시니 고부간에도 불평불만이 없고, 형제지간도 사이가 좋을 수밖에 없다.

어머니는 배운 것도 없는 분이시지만 정의롭고 사리분별이 분명하시다. 남자로 태어나셨으면 장군감으로 큰일을 하셨을 것이다. 가난한 살림에도 육 남매가 모두 잘 자라 잘 살고 있는 것은 모두 어머니가 쌓아 놓으신 음덕 때문이라고 해도 과언이 아니다.

어머니의 삶 자체가 나에게는 감동이다. 비록 물질적으로 풍요로운 가정에서 자라지는 못했지만 어머니의 아들로 태어났다는 것만으로 큰 복이 아닌가 생각한다.

08

나를 이끈 소중한 인연들

소위 말하는 학벌도, 배경도 재력도 변변찮은 내가 밑바닥 노숙자에서 사업체를 이만큼 일구어 냈다고 하면 듣는 사람 열에 아홉은 놀라움을 금치 못한다. 그러나 내 삶의 과정에서 드러나지는 않지만 나를 이끌어주고 밀어주고, 격려해준 수많은 사람들이 있었기에 가능한 일이었다. 나는 늘 고마움을 잊지 않으려고 한다. 옛말에 은혜를 모르면 금수만도 못하다는 말이 있지 않은가. 인연을 소중히 생각하며 교만하지 않으려 노력한다. 많은 인연이 있지만 내가 가장 어려웠을 때 만났던 최봉형 사장님 얘기를 하고 싶다.

1999년 혼자 다마스를 끌고 복사용지 배달을 다닐 때다. 나는 그때 '세원상사'라는 복사용지 도매상에서 물건을 받아 팔았다. 처음 일을 시작할 때였으니 가진 거라고는 젊다는 것 하나뿐, 아는 것도 없었고, 앞날도 불투명했던 때다. 어떻게든 일을 열심히 해서 성공해보겠다는 일념 하나뿐이어서, 옆도 뒤도 돌아볼 수 없는 상황이었다. 그때 세원상사 최봉형 사장님 내외분은 나를 아들처럼 조카처럼 대해주셨다. 물건을 받으러 가면 꼭 나를 붙잡아 앉히시고 쉬엄쉬엄 하라며 먹을 것도 주시고, 등도 다독이며 격려를 아끼지 않으셨다. 또 힘든 일은 없는지, 도와줄 일은 없는지, 자기가 힘든 시설을 어떻게 이겨냈는지를 이야기하며 심적으로도 많은 의지가 되어주었다.

아무것도 없는 젊은 놈이 어떻게든 살아보겠다고 뛰어다니는 모습이 안쓰럽기도 하고, 대견하기도 했을 것이다. 힘들어도 늘 밝게 긍정적으로 살아가는 모습이 보기 좋다며 복사용지도 싸게 공급해주셨다. 그래서 나는 그분을 삼촌이라 부르고 사모님을 숙모님이라고 부르며 따랐고, 지금까지도 명절이 되면 직접 선물을 마련해

찾아뵙는 사이가 되었다.

최봉형 사장님은 복사용지 도매업을 그만둔 지 10년이 지났다. 명절날 찾아뵈면 "바쁜데 그만 찾아와도 된다."고 말씀하시지만 내가 가장 힘들었던 시기에 도움을 주셨던 분이기에 잊을 수도 없고 잊어서도 안 된다. 지금 잘나간다고 어려웠을 때 도움 주신 분들을 잊는다면 그건 사람의 도리가 아니기 때문이다.

나중에 안 일이지만 최봉형 사장님은 나를 사윗감으로까지 점찍으셨다고 한다. 당시 연세도 60대였고, 결혼 적령기에 접어든 아들과 딸이 있었지만 아들은 공무원이었으니, 딸과 나를 결혼시켜 나에게 업을 물려주려 하셨던 모양이다. 1~2년 지켜보니 성실하고 변함이 없어서 나를 적임자로 생각하셨지만 나는 당시 지금의 아내인 여자 친구가 곁에 있었다. 그러니 결혼 이야기를 듣고 정중히 거절할 수밖에 없었다.

09

나 혼자는 안 돼

"최인규 대표님 정말 대단하십니다."

사람들은 내가 현재 이루어 놓은 것을 보고 대부분 이렇게 감탄한다. 하지만 혼자 잘난 사람이 어디 있겠는가? 이런 결과물들은 나 혼자서 이룬 것이 아니다. 가까이서는 아내가 도와주었고, 애사심으로 똘똘 뭉친 직원들이 있으며, 좋은 거래처를 소개시켜주고 싸고 품질 좋은 제품들을 나를 믿고 공급해준 거래처 사장님들, 정신적으로 의지가 되어준 많은 분들이 있었기에 가능한 일이었다. 이 자리를 빌려 감사를 드린다.

우리 회사 다다오피스의 사외이사님이자 영남이공대 경찰행정학과 교수님이신 김용현 교수님은 아버지와 같은 분이다. 교수님과의 인연은 금오공고 시절부터 시작되는데, 금오공고에는 일반학교와 달리 군사학이라는 과목이 있었다. 일반학교의 교련과 비슷한 과목으로 보면 되는데, 당시 김 교수님은 군사학 교관이셨다. 그때는 단순히 스승과 제자 사이였는데, 교수님을 25년 뒤에 다시 만난 것이다. 그 사이 선생님은 교수가 되어 있었고, 시민사회단체 활동을 하시는 등 대구에서는 여러 방면에서 인지도를 넓히고 계셨다. 2015년에는 한국경찰연구학회 학술상도 수상하시며 경찰정책 분야에서도 업적을 쌓고 계신 분이다.

김 교수님은 사회적인 위치 때문인지 발이 넓어 각계각층의 사람들을 나에게 소개시켜 주셨다. 큰 사업을 하기 위해서는 다양한 인간관계가 필요하다는 것을 알고 나를 데리고 다니시며 관계망을 넓혀 주셨다. 그리고 수시로 매장에 찾아오셔서 직원들도 격려해 주시고, 나에게도 정신적으로 많은 도움과 조언을 해 주셨다. 이 분도 내가 명절이 되면 직접 선물을 사 들고 가서 찾아뵙는다.

성충문구 임동명 사장님은 내가 복사용지와 문구를 접목시킬 때 문구 쪽 일을 가르쳐 주신 형님 같은 분이다. 문구 쪽에서 30년 간 잔뼈가 굵은 분이니 그 방면에서는 전문가 중의 전문가시다. 문구 쪽 일을 하는 사장들의 모임에 나를 데리고 가서 소개도 시켜주고, 모임 가입도 시켜 주었으며, 문구에 대해서 아무것도 모르는 나에게 많은 거래처도 소개시켜 주었다. 또한 본인도 충주에서 문구 도매상을 하면서 싼 가격으로 물건을 공급해 주는 등 많은 도움을 주었다. 내 사업체가 대구에 있어서 대구 쪽 거래처에서 물건을 받는 게 어쩌면 당연한 일이지만, 임동명 사장님을 통해 대구에서 물건을 받지 않고 전국의 다양한 곳에서 물건을 받게 되었다. 대구의 한계를 벗어나게 해 주신 것이다.

한번은 신학기 행사를 하면서 문구류를 50%까지 싸게 해서 판적이 있었다. 대구에서는 도매가보다 싼 가격이었다. 그때 대구가 '50% 파격세일'에 발칵 뒤집혔다. 대구에 한정돼 있었으면 아무도 나에게 그런 가격으로 물건을 공급해주지 못했을 것이다. 임 사장님의 소개로 대구를 벗어난 다양한 지역에서 싸고 좋은 물건을 받을 수 있었기에 가능한 일이었다.

생활용품 2MS STORY 정동호 사장님은 생활용품을 접목시키면서 알게 된 분이다. 이분과의 인연도 예사롭지가 않다. 복사용지와 문구를 접목시킨 얼마 후였다. 20년 전 같은 교회를 다녔던 한 선배를 정말 우연히 만나게 된 것이다. 내가 이러이러한 사업을 하고 있다고 하니 그 선배가 생활용품을 취급하는 사람이 있는데 한번 만나보겠느냐고 제안해 왔다. 그래서 이분을 만나 생활용품까지 접목 시키게 된 것이다. 20년 전 인연이 맺어준 또 다른 인연인 것이다. 20년 전 그 선배와 좋은 관계를 맺었기에 그 결과가 20년 후에 나타난 것이다. 이런 것을 보면 인연을 허투루 할 수 없다. 언제 어디서 그 인연을 다시 만나게 될지 모르고, 그 인연이 씨가 되어 어떻게 나에게 돌아올지 모르기 때문이다.

(주)금오하우징kumohhousing.com 유만종 대표는 대구 침산동 오
프라인 매장을 열 때 도움을 주신 분이다. 인터넷쇼핑몰을 운영하
고 있을 때 오프라인 매장을 열어보라고 가장 먼저 조언을 주셨던
분이다. 이 분은 금오공고 2년 선배로 미국식 목조주택이나 펜션,
조경, 부동산 개발 관련업에 종사하시는 분인데, 침산동 다다오피
스 본사 땅을 봐주시고 건물 짓는 일도 도와주셨다. 장사만 했던 내
가 땅을 매입하고 건물을 짓는다는 것은 새로운 도전이나 마찬가
지였다. 그때 대가를 바라지 않고 최소한의 마진으로 땅을 봐주시
고 건물을 지어주셨다. 좋은 자재와 정직한 시공, 거의 무상이나 다
름없는 애프터서비스를 하며 자신의 사업을 가꾸시는 모습을 보면

같은 사업가로서 존경스럽기도 하다. 지금은 학교 선후배라기보다 호형호제하며 거리낌 없이 지내는 사이가 되었다.

파브카스텔 이현직 사장님은 화방 관련 물품을 취급하시는 분이다. 나는 현재 문구, 잉크/토너, 생활용품에 화방물품까지 망라한 종합 쇼핑몰 다다플러스와 화방 전문 쇼핑몰을 계획하고 있다. 이분을 통해 화방 관련 전문가들을 만날 수 있었고, 이런 계획도 이분의 도움이 있었기에 가능했다.

생소한 업계에 파고들기 위해서는 얼마나 고군분투해야 되는지를 생각하면 이분들의 도움이 얼마나 고마운지 모른다. 그러니 내가 잘나서 성공했다고 말을 할 수 없는 것이다. 지금은 나의 융복합 매장을 칭찬하며 오히려 나에게 조언을 구하기도 한다. 나는 기꺼이 이분들을 도울 일이 있으면 도울 것이다. 은혜를 입었으면 어떤 방법으로든 갚아 나가는 게 사람의 도리이자 의리 아니겠는가. 임동명, 정동호, 유만종, 이현직 사장님의 무궁한 발전을 기원한다.

We have done it

06

원하는 것을
얻는
원리

01

장사꾼이 될 것인가 사업가가 될 것인가

장사꾼과 사업가는 어떻게 다를까? 당장 눈앞의 이익을 남기려고 하면 장사꾼, 먼 미래를 보고 투자를 할 줄 아는 사람은 사업가라고 내 나름대로 정의 내려 본다. '꾼'이든 '가'든 둘 다 잘하는 것은 맞다. 그러나 그 속에 숨은 마음가짐은 다르다. 나는 늘 사업을 하려면 먼저 손해 보는 자세를 가지라고 강조한다.

예를 들어 식당을 생각해 보자. 음식 장사는 재료를 잘 써야 하는데, 싱싱하고 질 좋은 재료를 사려면 우선은 재료비가 많이 든다. 재료비를 아껴보려고 덜 넣거나 신선하지 않은 재료를 쓴다면 장사꾼이다. 돈이 좀 들더라도 재료에 최선을 다한다면 사업가이다.

재료비를 적게 하면 당장 돈이 적게 들어 금전적으로 이득을 볼 수는 있지만 그만큼 맛이 없어지고, 맛이 없으면 손님은 다시 오지 않는다. 고객의 만족보다 내 이익이 우선인 경우로, 고객의 만족을 위해 하나도 손해 보지 않겠다는 자세이다.

돈이 좀 들더라도 재료에서부터 최선을 다하면 맛이 좋아지고, 맛이 좋아지면 손님은 또 식당을 찾게 된다. 당장 재료비가 많이 들어 손해를 보는 것 같아도 장기적으로 보면 재구매로 이어져 이득을 보게 된다. 고객 만족을 먼저 생각했고, 고객 만족을 위해 기꺼이 먼저 손해를 본 경우다. 이런 것이 사업가적인 생각이다. 장사꾼은 오래가지 못한다. 오래 가는 것은 사업가다.

사업을 하다 보니 여행을 하거나 어떤 일을 볼 때 사업가적인 눈으로 바라보는 경우가 종종 있다. '아 참 그거 좋은 아이디어인 걸', '저게 바로 사업의 핵심이지' 하면서 무릎을 치며 환호하기도 한다.

내가 이탈리아 밀라노 광장에서 겪었던 일이다. 친구 세 명과 함께 갔는데, 광장이 어찌나 크고 비둘기가 많은지 이국적인 광경에 입을 다물지 못하고 감탄하고 있을 때였다. 서너 명의 흑인이 다가오더니 갑자기 내 앞에 옥수수 알갱이를 뿌리는 게 아닌가. 옥수수를 뿌리니 비둘기 떼들이 날아오는데, 수많은 비둘기들이 날아와 앉는 모습이 장관을 이루어 박수를 치고 사진도 찍으며 즐거워했다. 흑인이 그 다음에는 손바닥을 툭툭 치면서 하늘을 향해서 벌려보라고 했다. 시키는 대로 하니 손바닥에 옥수수를 얹어 주었다. 그러자 비둘기들이 이번에는 내 손바닥에 있는 옥수수 알갱이를 먹으려고 수십 마리가 손에도 앉고 팔에도 앉았다. 먼 이국땅에서 경험해보는 정말 색다른 즐거움이었다. 뭐 이런 친절한 사람도 다 있나 싶어 고마운 마음이 들 정도였다. 그 흑인이 돈을 달라고 요구하기 전까지는 말이다.

그 흑인은 우리 돈 2천 원쯤 되는 금액을 요구했다. 이미 우리는 충분히 즐거웠고, 좋은 추억을 쌓았기 때문에 흔쾌히 지갑을 열어 대가를 지불했다.

만약 그 흑인이 처음부터 옥수수를 가지고 와서 2천 원에 사라고 했으면 어땠을까? 아마도 나는 사지 않았을 것이다. 그러나 그 흑인이 기꺼이 자기 옥수수를 바닥에 뿌리고 비둘기들과 즐기는 방법을 보여주며 나를 만족시켰기 때문에 난 살 생각도 없었던 옥수수 값을 지불하게 된 것이다. 그 흑인이 먼저 손해를 감수하며 나를 만족시켜 주었기 때문에 가능한 일이라고 생각한다.

이건 또 필리핀에서 있었던 일이다. 필리핀에서 차를 타고 가다가 횡단보도에서 신호를 기다리고 있을 때였다. 한 아이가 와서 묻지도 않고 차 앞 유리를 닦는 것이다. 안 그래도 유리가 뿌옇게 흐려져 답답하던 참이었는데 신호 받는 1, 2분 사이에 말끔히 유리를 닦아 놓는 것이다. 그리고 창문을 똑똑 두드리더니 '원 달러' 이러는 것이다. 대가를 달라는 것이다. 난 돈을 줄 수밖에 없었다.

만약 이 아이가 문을 먼저 두드리고 "창문 닦는데 1달러 하는데 닦으시겠습니까?" 했다면 내가 닦았을까를 생각해 보았다. 아마도

난 닭을 생각조차 못했을 것이다. 이것도 밀라노 광장에서 있었던 일과 비슷한 경우다. 먼저 두드려서 유리 닦는 데 원 달러한다고 했으면 열에 아홉은 안 닦는다. 하지만 먼저 유리를 닦아 고객을 만족시킨 후에 원 달러를 달라고 하면 열에 아홉은 돈을 주게 돼 있다. 고객을 먼저 만족시킨 점에서 그 아이가 먼저 손해를 본 경우라 할 수 있다.

이런 것이 사업의 핵심이 아닐까 생각한다. 고객을 위해 먼저 손해를 보는 것, 이 원칙은 내가 쇼핑몰을 운영하면서도 늘 적용하고 지키는 신념이 되었다.

02

월급은 자기 스스로 정하는 것

내가 제일 싫어하는 것 중의 하나가 '연공서열제'다. 연수가 많다고 일을 한 것 이상의 많은 월급을 받아가는 것이다. 능력도 없는데 자리만 차지하고 앉아서 월급만 받아간다면 회사는 발전하지 못한다. 뒤에 들어와도 열심히 하면 먼저 갈 수 있는 분위기를 만들어 주어야 한다. 그래야 선의의 경쟁도 하게 되고 발전이 있는 것이다. 늦게 입사한 사람이 능력이 뛰어난 경우가 얼마나 많은가?

그런데, 그 '능력'이란 어떤 것일까? 능력도 여러 측도에서 보아야 한다. 일을 잘하는 것도 능력이지만 그 사람으로 인해 회사 분위기가 밝아지면 그것도 능력이요, 성실한 것, 도덕적인 것, 인간관계가 좋은 것 모두가 능력이 될 수 있다. 그 사람의 능력이 어떤 것인지 파악되면 맞는 자리에 앉히면 되는 것이다.

아이디어가 반짝이는 사람은 기획부서에, 정직하고 도덕심이 있는 사람은 재무 부서에, 인간관계가 좋은 사람은 고객관리 부서에, 성실한 사람은 또 그에 맞는 자리에 앉혀 놓으면 최대한 능력을 발휘하며 성과를 내는 것이다. 내가 우리 회사의 부서이동을 자유롭게 하는 것도 다 그 때문이다. '너에게 맞는 자리에 가서 최대의 성과를 내어 보라'는 것이다.

우리 몸의 여러 지체가 다 제자리에서 각자의 역할을 하듯이 회사도 이런 식으로 분위기를 만들고 적재적소에 인재를 배치해 놓으면 잘 굴러가게 되어 있다. 각자에 맞는 능력을 인정해주고 믿어준 만큼 직원들도 회사에 헌신하게 된다는 것이다.

사람들은 월급을 사장이 정한다고 생각한다. 과연 그럴까? 나는 월급은 자기 스스로 정하는 것이라고 말하고 싶다. 궤변같이 들릴지 모르지만 그건 사실이다.

그러기 위해서는 직원 스스로가 먼저 손해 보는 자세를 가져야 한다. 백만 원 받는다고 딱 백만 원어치 일을 하면 평생 백만 원밖에 못 받는다. 삼백만 원 받고 싶은가? 그럼 월급이 백만 원이더라도 삼백만 원어치 일을 하라.

당신이 무슨 일을 어떻게 하는지 당신 주위의 사람들은 다 지켜보고 있다. 당신이 삼백만 원어치 일을 하고 있다는 것을 당신 윗사람도 안다는 얘기다. 그것을 본 상사는 당신에게 계속 자리를 만들어 주게 되고 당신은 다른 사람보다 빠르게 진급하게 된다. 어느 순간 당신은 삼백만 원 자리에 가게 될 것이다.

다시 말해, 평사원 직급에서 대리의 일을 하면 대리의 직급을 줄 것이고 대리의 직급에서 과장의 일을 하면 과장의 직급을 줄 것이다. 과장의 위치에서 부장의 일을 하면 부장으로 끌어 올릴 것이고, 부장의 위치에서 이사의 일을 하면 결국에는 회사의 이사가 될 것이다. 내가 먼저 손해 본다는 자세로 받는 보수보다 그 이상의 일을 해보라. 내가 받고 싶은 월급만큼 열심히 일하면 결국은 그 위치까지 도달하게 될 것이다.

비싼 등록금 주고 대학을 나와 인턴으로 들어간 경우를 생각해보자. 모두들 인턴 기간 열심히 해서 정규직이 되고 싶을 것이다. 정규직으로 선택받기 위해 어떻게 해야 할까? 창의적인 아이디어를 내어 인정받고, 중요한 프로젝트를 맡아 성과를 내야 한다고 생각하는가? 인턴한테 무엇을 보고 중요한 일을 바로 맡기겠나? 스펙이 좋아서? 학벌 보고? 토익점수 보고?

실제로 윗사람들이 보는 것은 그런 것이 아니다. 자기에게 주어진 사소한 일을 어떻게 처리하는지를 눈여겨본다. 능력이 아니라 업무를 대하는 태도를 본다는 것이다.

복사를 예로 들어보자. 인턴들이 가장 많이 하는 일이 복사일 것이다. 복사 업무 시키면 '내가 복사나 하려고 명문대학 나온 줄 아나' 하면서 불만이 쌓인다. 하지만 복사 하나 하는 데도 고려사항이 많다. 용지의 두께가 두꺼울 때 복사가 잘 되는지 얇을 때 잘 되는지, 한솔제지가 좋은지 한국제지가 좋은지, 복사 농도를 100%로 해야 할지, 90%로 해야 할지 등 최적의 복사 상태를 찾아내기 위해 고민해야 한다. 복사 하나를 하는 데도 남들과 다르게 최고로 잘하는 사람이 되려고 해야 한다는 것이다. 신발정리를 시키더라도 대한민국에서 신발정리를 가장 잘하는 사람이 되어야 한다는 말이다.

그렇게 사소한 일에 최선을 다하면 윗사람은 당신을 그 자리에 두지 않는다. 당신을 정규직으로 앉히고 더 중요한 일을 하나둘씩 맡기게 된다. 진급도 시켜가며 당신을 끌어올리는 것이다. 믿음은 그렇게 사소한 데서 만들어진다는 것을 명심하라.

성경 말씀에 "지극히 작은 일에 충성된 자는 큰 것에도 충성되고,

지극히 작은 일에 불의한 자는 큰 것에도 불의하니라."란 말이 있다.

작은 것, 사소한 것을 정말로 하찮게 생각하지 마라. 작은 일이라도 열심히 일하는 직원은 눈에 안 뜨일 수 없다.

나는 가끔 이런 패기 있는 직원을 만나고 싶다.

"사장님, 제가 현재 이백만 원 받고 있는데, 제가 이런이런 일들을 하고 있으니 적어도 오백만 원은 주셔야 하는 거 아닙니까?"

"사장님! 제가 이러이러한 부서를 만들어 이러이러한 성과를 내고 싶습니다. 밀어주십시오."

평소 그 직원이 나에게 믿음을 준 직원이라면 나는 적극 밀어줄 것이다. 그렇게 해서 성과를 내면 월급 외 인센티브도 챙겨 주는 것이다.

회사에서 좋은 인재는 항상 부족하다. 대기업도 마찬가지일 것이다. 좋은 일거리가 많은데 도대체 누구를 시켜야 할지가 늘 고민이다. 그러니 월급은 내가 정하는 것이라는 신념을 갖고 최선을 다해 보라. 원하는 만큼 받게 될 것이다.

03

인생은 말하는 대로

배우 짐 캐리를 아는가? 영화 '트루먼 쇼', '마스크', '덤 앤 더머' 등 수많은 작품에 출연하여 특유의 코믹한 표정으로 사람들을 울고 웃긴 톱스타이다. 그의 명성에 가려진 무명시절 이야기는 어려움에 처한 많은 사람들에게 희망을 안겨준다.

짐 캐리는 아픈 어머니를 웃게 해드리겠다며 코미디를 시작했지만 아버지의 실직으로 노숙생활을 하게 된다. 이렇게는 살 수 없다는 생각에 문방구에서 가짜 백지수표를 구입하고, 천만 달러, 우리돈 100억 원에 해당되는 금액을 적어 실직으로 힘들어 하시는 아버지께 드린다. 그러면서 1995년 추수감사절까지 진짜 수표로 바꿔주겠다고 약속까지 한다. 그 후 정말 기적처럼 '마스크', '덤 앤 더머', '배트맨 3' 등의 영화가 흥행하면서 5년 뒤에는 진짜 천만 달러를 손에 쥐게 되었다는 이야기다.

들을수록 기적 같은 이야기지만 나는 이런 기적을 믿는 사람이다.

'말이 생각을 지배하고, 생각이 인생을 결정한다'는 말이 있다. 짐 캐리는 힘들 때마다 백지수표를 꺼내 보며 마음을 다잡았다고 한다. 아마도 머릿속에서 수백 번, 수천 번도 더 천만 달러를 되뇌었을지 모른다. 그런 그의 결심이 결국 그의 생각과 인생을 변화시켰을 것이다.

나는 웬만하면 되는 면, 긍정적인 면만 보지 안 되는 면, 부정적인 면을 보지 않는다. 긍정적으로, 밝게 자신 있게 말하면 인생도 그렇게 풀릴 것이라고 믿고 행동했다. 이런 삶의 태도가 나를 더욱 진취적으로 만들었고, 강한 추진력으로 나타나 사업에서도 여러 성과를 만들어 냈다.

심지어 나는 뉴스도 잘 보지 않는다. 뉴스의 99%가 사건, 사고 등 부정적인 내용으로 채워져 있기 때문이다. 이런 부정적인 내용들을 보고 있으면 내 마음이 부정적인 것들로 오염이 된다. 뉴스를 보고 기분이 좋아 힘이 나는 사람이 얼마나 될까? 요즘은 인터넷이 잘 발달되어 있기 때문에 뉴스도 내가 필요한 부분을 골라서 보면 된다. 내가 사업을 시작한 1999년도 이래로 뉴스에서 경기가 좋다는 말을 한 번도 들은 적이 없다. 늘 불경기였고, 소비심리가 얼어붙어 있다고 보도했다. 그러면 사람들은 장사가 안 돼도 경기가 안 좋아서 그렇다고 서로 위안 삼는다. 하지만 IMF 때도 2008년 금융위기 때도 돈을 번 사람은 엄청나게 벌었다. 뉴스에서 불황이라고 해서 다 안 되는 것이 아니라는 말이다. 된다고 믿고 도전하는 사람은 무엇이라도 이뤄내고 있지 않은가? 내가 잉크충전방을 시작할 때 대구에는 잉크충전방이 우후죽순 들어섰지만 지금 거의 다 사라져버렸다. 나는 변화에 변화를 거듭하며 지금 이만큼 성장해 왔다. 세상 탓을 하지 않고 해낼 수 있다는 믿음으로 살아왔기에 이런 결과를 손에 쥘 수 있는 것이다.

『물은 답을 알고 있다』라는 책이 있다. 에모토 마사루라는 저자는 우리의 긍정적인 말과 부정적인 말이 물의 결정에 어떤 영향을 끼치는지를 실험을 통해 직접 보여주었다. 그것은 이론이 아니라 직접 확인 가능한 사실이었다. 물은 사랑, 감사 아름다움 등 긍정의 언어를 보여주기만 해도 아름다운 결정을 만들어 냈지만, 안 돼, 못 된 놈, 악마와 같은 부정적 언어는 결정을 만들어내지 못하고 혐오스런 모습으로 나타났다. 우리 몸의 70%가 물이라는 점을 생각하면 어떤 말을 해야 할지 감이 잡힌다.

저자는 책에서 우주의 모든 것이 '파동'이고, 파동의 법칙에 따라 움직인다고 전제하며, 행복한 인생을 살고 싶으면 '행복'에 파장을 맞추라고 말한다. 나는 그 말에 따라 나의 꿈과 비전에 파장을 맞추고 있다. 그러니 나의 말과 행동도 그렇게 변화되어 가는 것이고,

내 주변에도 비슷한 성향의 사람들이 모이는 것이다.

나는 사람들에게 현재 내가 어떤 사람을 만나고 있는지를 보면 미래를 알 수 있다고 말한다. 어떤 사람은 만나면 희망을 얘기하는데 어떤 사람은 절망만 하고 불평만 늘어놓는다. '인생이 말하는 대로 된다'는 것을 알았다면 희망과 긍정의 언어, 도전과 쟁취의 언어를 사용하라. 그리고 그런 사람과 어울려라.

나는 면접을 볼 때도 남 탓하는 사람은 절대 뽑지 않는다. 전 직장을 그만둔 이유가 사장이나 회사 분위기, 동료들 탓이라고 말하는 사람은 어디를 가도 불평하게 되어 있다. 축구 못하는 사람이 축구장을 바꾼다 해서 축구를 잘할 수 있는 게 아니다. 자신의 축구 실력이 문제지 축구장의 문제가 아니라는 말이다. 불평도 어쩌면 습관일 수 있으니 자신을 돌아볼 줄도 알아야 할 것이다.

말하는 대로 이루어진 경험이 나에게도 있다. 힘들게 다마스를 끌고 장사하던 시절, 나는 마흔 전에 우리나라에서 가장 좋은 차를 타겠다고 말했다. 그런데 서른아홉 살 되던 해 9월에 우리나라에서 가장 좋은 차인 에쿠스를 타고 있었다. 더 비싼 차를 타겠다고 말했다면 어땠을까 생각해본다.

내 아내도 마찬가지 경험이 있는데, 아내는 결혼 전에 남편 될 사람의 4가지 조건을 공공연하게 말하고 다녔다고 한다. 그 조건은 장남이 아닐 것, 시댁이 멀리 있을 것, 담배를 안 피울 것, 종교적 신념이 같은 것이었는데, 친정어머니가 맏며느리로 시집와 담배 피우는 시어머니 밑에서 너무 시집살이를 해서 그런 소원을 갖게 되었다고 한다. 그런데 그 네 가지 조건을 모두 만족시키는 사람이 바로 나였던 거다. 이것도 말하는 대로 이루어진 격이다.

예전에 방송에서 똑같은 밥을 놓고 한쪽은 '사랑한다', '고맙다'고 말하고 다른 쪽은 '미워', '싫어'라고 말했더니 사랑한다고 말한 밥에서는 곰팡이도 적게 피고 향기로운 냄새가 난 반면, 밉다고 한 밥에서는 시커먼 곰팡이가 피고 악취가 나는 것을 보았다. 소주도 사랑한다고 하면 맛이 더 달고 부드러워지고, 양파도 긍정의 말을 해 줄 때 잘 자라나는 것을 보았다. 이런 것을 보면 말의 힘이 실로 대단하다. 차마 말을 함부로 할 수 없는 이유다.

생각을 바꾸기 힘들면 말이라도 긍정적으로 바꾸어서 인생을 더 행복하게 변화시켜보는 것도 지혜일 것이다.

04

열정이 만든 이야기

샌프란시스코 리츠칼튼 호텔의 청소부 버지니아 아주엘라를 아는가? 그녀는 호텔 청소부다. 평범했던 그녀 때문에 리츠칼튼 호텔은 높은 생산성과 최상의 서비스 품질로 미국 생산성 및 품질 대상인 '말콤볼드리지 대상'을 수상했고, 그 덕분에 그녀는 호텔 직원에게 주는 가장 명예로운 '파이브스타 상'을 수상했다. 미국의 경영평론가 탐 피터슨은 그의 저서에서 전형적인 미국 지식인으로 소개하기도 했다. 그녀는 어떻게 청소부로서 그렇게 명예로운 상도 받고 지식인으로 인정받았을까?

아주엘라는 필리핀에서 태어나 27세의 나이로 미국으로 건너왔다. 고졸 출신의 그녀가 미국에서 할 수 있는 일이라고는 청소부밖에 없었다. 그녀는 홀리데이인 호텔에서 청소일을 했고, 1991년에는 리츠칼튼 호텔에서 일을 하게 되었다. 이 호텔에서 그녀는 '총괄 품질경영'에 관한 교육을 받게 되는데, 다른 청소부들은 마지못해 교육에 참석했지만 그녀는 오랫동안 청소부 일을 하면서 터득한 것들을 교육과 접목시켜 자신이 무엇을 할 수 있는가를 생각했다.

그녀는 객실 서비스야말로 호텔 이미지를 결정짓는 가장 중요한 업무라고 생각했다. 객실 서비스의 주된 일이 청소와 정돈인데, 20년 간 쌓아온 노하우를 바탕으로 남들보다 빨리 효율적으로 일처리를 해 냈다.

그녀는 또한 청소도구와 비품을 담는 카트에 수첩을 늘 걸어두고 거기에 고객 이름과 습관, 요구 사항 등을 메모했다가 그 고객이 두 번째로 투숙할 때는 메모 내용을 바탕으로 맞춤 서비스를 제공했다. 투숙객을 대할 때는 반드시 이름을 불러주어 투숙객들에게 좋은 인상을 남기기도 했다.

청소작업을 빨리 하기 위해 베드메이킹 침대보 정리 방법이나 욕실 청소 방법도 개선했는데, 당시 리츠칼튼 호텔에서는 과학적 동작 연구와 실험을 통해 2인 1조로 침대보를 정리하고 있었지만 아주엘라는 거기서 나아가 아예 침대 사이즈에 맞게 침대보를 까는 순서의 역순으로 접어두어 작업 속도가 빨라지게 했다. 거기다 객실 청소 시 발생되는 문제점을 보다 빨리 해결하기 위해 문제를 발견하면 먼저 해결해주고 사후에 보고하도록 시스템도 바꿔나갔다.

무엇보다 그녀는 이런 자신만의 노하우를 매일 이뤄지는 라인

업 미팅에서 모든 직원에게 공개해 공유할 수 있도록 했다. 이후 리츠칼튼 호텔은 높은 생산성과 최상의 서비스 품질로 '말콤볼드리지 대상'을 수상했는데, 여기에는 아주엘라의 공이 매우 컸다.

이쯤 되면 청소가 허드렛일로만 보이지 않을 것이다. 남들은 인정해주지 않아도 자신의 일에 최선을 다한 결과 그녀는 최고의 영예를 안았다.

아시아 최고 갑부 청쿵그룹 창업자 리자청의 이야기도 귀감이 된다. 그는 중학교 1학년을 중퇴하고 생업에 뛰어 들어 찻집 종업원에서 시곗줄과 허리띠를 파는 행상을 하다가 플라스틱 제조업체에 들어가 입사 1년 만에 총경리라는 고위직에 오른다. 하지만 자신의 꿈이 있어 22세에 회사를 나와 '청쿵 플라스틱'을 창업해 플라스틱 장난감을 생산하는데, 한동안 사업이 잘 되지 않아 자금난에 시달렸다. 사업이 부진한 이유가 남들과 똑같은 장난감을 만들기 때문이라고 생각한 리자청은 남들과 다른 무언가가 없을까 고심했다. 그러던 중 영문판 '플라스틱'이라는 잡지에서 이탈리아의 한 회사가 플라스틱으로 조화를 개발하는 데 성공했고, 대량생산에 들어간다는 기사 하나를 발견했다.

"바로 이거다!"

그는 그 길로 이탈리아로 날아가 그 회사의 청소부로 취직해 폐기물 처리를 담당했다. 낮에는 일을 하며 회사 사람들과 친분을 쌓

앉고, 밤에는 집으로 기술자들을 불러들여 핵심 기술에 대한 정보를 수집했다. 이후 홍콩으로 돌아와 플라스틱 조화로 크게 성공해 청쿵그룹 성장의 밑거름을 마련했다. 그는 부동산, 항구, 전신, 전력, 유통 판매 분야까지 사업을 넓혀 세계에서 손꼽히는 '청쿵공업 유한회사'라는 그룹으로 성장시켰다. 아시아 최고 갑부라는 타이틀이 그냥 주어지는 것이 아님을 알겠다.

아주엘라는 청소라는 허드렛일로 최고의 자리에 앉았고, 리자청은 적자에 허덕이던 회사를 살려내기 위해 과감히 청소부가 되기를 자청했다. 이 두 사람은 자신의 일에 모든 열정을 쏟아 부어 최고가 된 경우다. 무슨 일을 하느냐가 아니라 어떻게 그 일을 하느냐가 더 중요하다는 것을 보여주는 좋은 사례들이다.

'새파랗게 젊다는 게 한 밑천'이라는 노래 가사도 있지 않은가. 젊다는 것, 나의 여러 불리한 여건을 연료 삼아 열정을 불태운다면 각자 분야에서 최고가 될 것이라고 믿는다.

05

진정한 부자란?

14세기 백년 전쟁 당시 영국군에게 포위당한 프랑스의 도시 '칼레'가 1년을 버티다 영국에 항복하게 된다. 칼레 시 항복 사절단은 영국 왕 에드워드 3세에게 자비를 구하지만 점령자가 제시한 항복 조건은 '누군가 그동안의 반항에 대해 책임을 져야 한다'는 것이다. 그러면 칼레 시민의 생명을 보장해주겠다는 것이다."

"책임?"

항복 사절단은 숨을 죽이고 아무런 말을 하지 못했다.

"이 도시의 시민대표 6명이 목을 매 처형 받아야 한다."

광장에 모여 소식을 들은 칼레의 시민들은 도대체 누가 죽으려고 자청할 것인지 서로의 눈치만 살폈다.

"도대체 누가 죽으려고 자청한단 말인가?"

"그래도 그들만 죽으면 나머지 사람들은 살 수 있는 거잖아!"

바로 그때, 혼란에 빠진 광장 시민들 사이로 천천히 일어나는 한 사람이 있었다.

"내가 그 여섯 사람 중 한 사람이 되겠소!"

칼레 시에서 가장 부자인 '외스타슈드 생 피에르'였다.

"자, 칼레의 시민들이여, 나오라! 용기를 가지고."

그러자 뒤이어 시장, 상인, 법률가 등 부유한 귀족들 다섯 사람이 교수형을 자처했다. 그렇게 대신 죽을 여섯 명이 결정된 다음날, 점령자의 요구대로 이들 여섯 명은 속옷 차림에 목에는 밧줄을 걸고 교수대를 향해 무거운 발걸음을 옮긴다. 칼레 시와 칼레 시민들을 구하기 위해.

그러나 이들이 처형되려던 마지막 순간, 임신한 왕비의 간청을 들은 영국왕 에드워드 3세가 죽음을 자처했던 시민 여섯 명을 살려주게 된다.

이후 이 짧은 이야기는 한 역사가에게 기록되고, 여섯 시민의 용기와 희생정신은 높은 신분에 따른 도덕적 의무인 노블레스 오블리주의 상징으로 지금까지 이어져 내려오고 있다.

—출처 지식채널e—

노블레스 오블리주의 유래는 이렇다.

노블레스 오블리주하면 우리는 마이크로소프트 창업자 빌게이츠, 세계적 투자자인 워렌 버핏, 소로스 펀드매니지먼트 회장 조지

소로스, 페이스북 창시자 마크 주커버그 등을 쉽게 떠올린다. 그들도 물론 훌륭하지만 나는 우리나라의 부자, 대구와 아주 가까운 경주에 살았던 최 씨 부자야말로 노블레스 오블리주의 모범이 아닌가 한다.

경주 최 부자는 우리 역사상 가장 오랜 시간 부를 유지한 가문이다. 엄청난 부로 200년간 유럽을 지배했던 메디치 가문보다 무려 100년을 더 부를 유지했다. 최치원 17세손 최진립의 손자 최국선1631~1682, 19세손부터 28세손 최준1884~1970에 이르는 10대 약 300년간 부를 유지했는데, 이 가문에는 대대손손 전해지는 가훈이 있다. 나는 이 가훈을 읽을 때마다 '진정한 부자'가 어떤 것인지 겸손한 마음으로 배우게 된다.

첫째, 과거를 보되, 진사 이상은 하지 마라.
둘째, 재산은 만 석 이상 지니지 마라.
셋째, 과객을 후하게 대접하라.
넷째, 흉년기에는 땅을 사지 마라.
다섯째, 며느리들은 시집온 후 3년 동안 무명옷을 입어라.
여섯째, 사방 백 리 안에 굶어 죽는 사람이 없게 하라.

과거를 보되 진사 이상은 하지 말라는 이야기는 부를 유지하기 위해서는 최소한의 양반 신분을 유지할 정도로만 벼슬을 하라는 이야기로 조선 사회가 양반사회여서 붙은 조건이며, 부를 유지하기 위해서는 어느 정도 배워야 한다는 뜻도 담겨 있다.

재산을 만 석 이상 지니지 말라는 이야기는 농사를 짓는 노비와 소작농을 생각하는 마음이며, 과객을 후하게 대접하라는 것은 평소 이웃을 살피며 나눔을 실천하라는 것이다.

흉년기에 땅을 사지 말라는 것은 백성들과 아픔을 함께 하되 정당한 방법으로 부를 늘리라는 의미이며, 며느리에게 3년간 무명옷을 입히는 것은 부의 기본이 근검절약 정신임을 강조하는 것이다. 사방 백 리 굶어죽는 사람이 없게 하라는 것은 가진 자로서 지역사회에 대한 책임을 갖고 받은 만큼 사회에 환원한다는 뜻이 담겨 있다고 한다. 경주에서 사방 백 리면 감포, 포항, 영천, 밀양에 이르고, 춘궁기에는 100만 명 정도가 최 부잣집의 혜택을 받았다고 하니 최 부자의 마음 씀씀이가 일반 사람의 상상을 뛰어 넘는다.

최 부잣집은 또 물건을 거래하는 도리에 대해서도 가르치는데, 물건을 살 때는 마음속으로 내가 팔면 얼마를 받겠는가를 생각하고, 팔 때는 내가 사면 얼마를 주겠는가를 짐작하여 팔아야지 너무 잇속을 챙기지 말라고 가르쳤고, 남이 절박하여 물건을 헐값으로 내놓아도 제값을 주라고 가르쳤다 한다. 얼마나 신사적인가? 우리가 흔히 부자라고 하면 떠올리는 '부정축재'와는 거리가 먼 이야기다. 도덕적이고 정당하게 재산을 모았다는 이야기다.

이렇듯 최 부자는 남의 불리한 점을 이용하여 재산을 늘리지 않았기 때문에 백성들로부터 미움을 사지 않았다. 만 석 이상의 소작료를 받지 않아 백성들은 오히려 최 부자가 더욱 더 땅을 많이 가지기를 원했고, 오래 부를 유지해 주기를 바랐다.

동학혁명이 일어났을 즈음, 활빈당이라는 무리들이 탐관오리와 양반들을 상대로 약탈과 살인을 서슴지 않았지만 최 부잣집이 무사했던 것도 소작인들과 하인들이 나서서 최 부자의 덕행을 알리며 막아선 덕분이었다. 선대부터 아랫사람이나 가난한 이웃에게 덕을 베풀지 않았다면 최 씨 부자의 부가 3대를 넘지 못했을 것이다.

최 부자의 마지막 후손인 최준도 일제 강점기 때 간이 학교를 세워 무료로 아이들을 가르치게 했고, 독립운동 자금 공급을 위한 백산무역주식회사 창립에 동참했으며, 3.1운동 무렵에는 도굴된 유물을 사 모아 경주 박물관 전신인 경주 고적보존회를 설립했다고 한다. 백산 무역주식회사의 자금난으로 망하기는 했지만 광복 후 전 재산을 바쳐 대학을 세우는 등 끝까지 사회적 책임을 다했다.

유한양행 창시자 유일한 박사를 모두 알 것이다.

"기업에서 얻은 이익은 그 기업을 키워준 사회에 환원하여야 한다."며 기업의 사회 환원을 몸소 실천한 인물이다. 일제강점기 때 나라가 건강해지기 위해서는 국민이 건강해야 한다는 사명을 갖고 제약회사를 설립했고, 사업이 안정기에 들어서는 중학교, 공업고등학교 등 교육 사업에도 뛰어들었다. 그에게는 늘 국가와 교육, 기업이 가정보다 우선 순위였다.

하나뿐인 외아들에게도 "대학까지 공부시켜 주었으니 너 스스로 길을 개척하라."며 재산을 하나도 물려주지 않았고, 심지어 제3자인 조권순 사장에게 경영권을 물려주기 위해 당시 부사장이었던 외아들과 조카를 해고시킨 사실도 유명하다.

국내 최초로 종업원 지주제를 도입해 자신의 주식 지분 52%를 사원에게 넘겼고, 타계 후에는 자신의 모든 주식을 유한재단에 기부했다. 또한 정치인들의 정치후원금 요구에 불응해 세무조사를 받기도 했는데, 그때 털어도 먼지 하나 나오지 않는 유일한 대기업이라는 사실이 증명되어 모범납세 기업으로 선정되기도 했다고 한다.

전부 다를 내어 놓기는 참으로 어렵다. 유일한 박사의 사회 환원에 대한 굳은 의지와 청렴한 삶이 그래서 더 외경심을 불러일으키는 것 같다.

나도 마찬가지다. 고객이 있기에 현재의 다다오피스가 있고, 직원들이 있었기에 여기만큼 온 것이다. 나는 사업체가 커질수록 교만해지지 않기 위해 늘 최 부자 이야기나, 유일한 박사의 삶을 떠올린다. 고객과 직원들이 함께 기업의 가치를 공유할 수 있도록 사회적 책임을 다하는 것도 소홀하지 말아야할 일이다.

故 SK 최종현 회장이 이런 말을 했다고 한다. 기업인으로서 명심해야 할 부분이기에 여기 옮겨 본다.

기업은 수익을 창출해 세금을 내고 성과를 모두와 나누기 위해 존재한다. 돈을 벌기 위해 사업하는 사람은 장사꾼이다. 돈만 벌겠다면 그건 그리 어려운 일이 아니다. 장사꾼과 기업가의 차이는 무엇보다 돈을 어떻게 쓰느냐에 있다. 자신의 이익보다 나라 경제를 먼저 생각하라.

기업 이익의 사회 환원, 나는 이 말이 싫다. 기업은 사회에 책임이 있는 것이 아니라 사회에 빚을 지고 있는 것이다. 기업의 이익은 처음부터 사회의 몫이었다.

06

기부는 씨를 뿌리는 행위다

재물은 물과 같다. 움켜쥐면 쥘수록 다 빠져나간다. 두 손에 물을 잡고 꽉 움켜쥐어 보면 알 수 있다. 반대로 손을 펴 보라. 손바닥 안에 물이 고인다. 고인 물은 새가 와서 마실 수도 있고 증발해서 어딘가로 날아가 돌고 돌 수도 있으며 비가 와서 새롭게 채워질 수도 있다.

재물도 돌고 돌아야 한다. 내가 물질의 종착지가 되어서는 안 된다. 나는 그저 물질이 지나가는 하나의 통로일 뿐이다.

재물을 움켜쥐면 결국 그 재물이 사람을 치게 된다. 나는 그 말이 맞다고 본다. 돈이 나에게 들어오기 위해 얼마나 많은 사람들을 거치는지 생각해보라. 살인한 강도가 뺏은 돈으로 내 물건을 샀을 수도 있지 않을까? 그러면 그 돈은 밖으로 내보내 정화를 시켜 주어야 한다. 그래서 먼저 내놓으며 돈을 돌고 돌게 해야 한다. 이것이 나의 '돈 철학'이다.

내가 배달 다닐 때의 일이다. 장사가 어느 정도 될 때였던 것 같다. 공무원 시험을 준비하는 친구가 있었다. 결혼을 했지만 공부만 하느라 아내에게 돈 달란 말도 못하고 생활고로 힘들어하고 있었다. 친구가 말을 하지 않아도 그 힘겨움이 전해졌기에 나는 백만 원을 만들어 친구에게 용돈으로 쓰라고 주었다. 친구가 나중에서야 그때 사실 너무 힘들었는데 정말 고마웠다고 마음을 털어놓았다. 하루 동안 나를 따라 다니며 물건도 내리고 배달도 해 보았더니 너무 힘들었다며, 그렇게 힘들게 번 돈을 기죽지 말라며 친구에게 선뜻 주어서 고마웠노라고 몇 번이나 말했다.

또 한번은 처형의 아이가 뇌종양 판정을 받았다. 돈을 마련할 형편이 안 되는 처형을 보니 도울 사람은 나밖에 없는 것 같았다. 사람은 돈이 있으면 겁을 덜 낸다는 것을 알고 처형에게 일단 먼저 백만 원을 찾아서 손에 쥐어 주었다. 어떻게든 돈 들어가는 일이 있으면 더 도울 테니 치료비 걱정은 하시 말고 치료부터 시작하라고 했다. 당시 아내가 임신 중이었는데 소식을 듣고 눈물 흘리는 것을 보니 마음이 아팠다. 아내가 그 사실을 알고 무척 고마워했다. 처형도 암담했던 순간에 큰 힘이 되었다고 고마운 마음을 전해 왔다.

나는 사업이 잘되든 그렇지 않든 간에 꾸준히 나눔을 실천하려고 했다. 얼마 전에는 한국국제기아대책기구에서 15년간 후원을 해 주었다고 '후원 15주년 기념증서'를 주었다. 2001년부터 국내외 아동들과 결연을 맺어 후원해왔는데, 어느 날 15주년이라고 기념패를 만들어서 주니 내가 오히려 감사한 마음이었다.

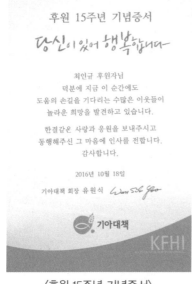

〈후원 15주년 기념증서〉

전국 자원봉사 연맹과 천사의집 무료 급식소가 실시하는 따순밥상 전하기 운동에 동참해 지속적인 후원을 해왔다고 2013년 12월에는 나눔천사 가게 인증을 받았고, 같은 해 8월에는 예비사회적 기업으로도 지정되었으며, 대한적십자사와 함께 지역사회의 어려운 이웃을 위한 희망나눔 운동에 동참해 '희망나눔기업'으로도 선정되었다.

2009년에는 소년소녀 가장과 독거노인을 후원한 사실이 알려져 대구시장이 수여하는 선한시민상도 받았고, 2015년 초에는 배달 다닐 때 법륜스님 테이프를 듣고 정신적으로 도움을 받았던 기억을 떠올리며 정토회에서 운영하는 JTS에 아내 이름으로 천만 원을 기부하기도 했다.

나는 (사)국제장애인문화교류 대구광역시협회의 이사직과, 전국자원봉사 연맹 운영 이사도 맡고 있는 등 책임 있는 기업으로서 지역사회에 기여할 수 있는 방법이 무엇일까 늘 고심하고 있다.

"퍼주고 망하는 가게는 없다."는 말을 자주 하곤 한다. 이 말은 "먼저 손해본다."는 나의 신념과도 통하는 말이다. 고객에게 질 좋은 제품과 서비스를 제공한다는 의미로도 쓰이지만 기업의 사회적 책임을 말할 때도 적용시키고 있다.

다다오피스가 있기까지 많은 사람들의 도움이 있었다고 앞에서도 말한 바 있다. 가장 먼저 고객들과 직원들이 있었고, 나를 믿고 거래해준 거래처분들과 내가 일에 전념할 수 있도록 가정을 챙겨준 아내, 그리고 나의 아이들과 가족, 심적으로 의지가 되어주신 분들, 일일이 나열하지는 못하지만 늘 그분들께 고마운 마음이다. 도움을 받은 만큼 베풀어야 한다는 것이 나의 삶의 철학이기에 힘든 시절부터 작게나마 마음을 전하려고 노력해왔다.

종교생활을 할 때부터 내 수입의 일부를 기부하는 것에 대해서도 주저하지 않았다. 1999년 낮에는 배달을 다니고 밤에는 불교를 공부했을 때도 하루 만 원을 벌든 2만 원을 벌든 일정 부분을 보시했다.

제 2012-030 호

나눔천사 가게 인증서

사업체명 : 다다오피스
대　표 : 최 인 규

위 업체는 전국자원봉사연맹과 천사의집 무료급식소가 공동으로 실시하는 따순한밥상
전하기 운동에 적극 동참하여 지속적인 후원을 해 오셨으며 특히 독거노인과 경로 어르신에
대한 남다른 관심과 사랑으로 더불어 함께 나누는 아름다운 이웃 사랑을 몸소 실천해
오고 계시기에 귀 사업장을 본 법인 심의위원회 의결에 따라 나눔천사가게로 선정하여
본 증서를 드립니다.

2012년 12월 29일

 사단법인 전국자원봉사연맹/천사의집 무료급식소

〈나눔천사 가게 인증서〉

제882호

희망나눔기업 증서

together
㈜창일

귀 기업은 대한적십자사와 함께 지역사회의
어려운 이웃을 위한 희망나눔운동에 동참한
아름다운 기업입니다. 이에 이 증서와 함께
「희망나눔기업」 명패를 드립니다.

2013년 5월 15일

대한적십자사대구광역시지사
회 장 남 성 회

〈희망나눔기업 증서〉

임 명 장

副會長 최 인 규

귀하를 (사)국제장애인문화교류
대구광역시협회 副會長으로
임명함.

2013년 12월 26일

국제장애인문화교류대구광역시협회
협회장 정 덕 주

〈국제장애인문화교류 대구광역시협회
부회장 임명장〉

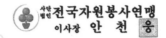

코드012-31호

임 명 장

직책: 운영이사
성명: 최 인 규

아름다운 선행정신으로 선진 복지
실현에 앞장서 온 귀하를 본 법인
심의규정에 따라 운영이사로 임명합
니다.

2012년 6월 1일

사단
법인 **전국자원봉사연맹**
이사장 **안 천** 웅

〈전국자원봉사연맹
운영이사 임명장〉

'기부는 씨를 뿌리는 행위'라고 말한다. 내가 뿌린 씨앗이 자라
열매를 맺고, 그 씨가 다시 자라 열매를 맺어 어떤 형태로든 돌고
돌아서 온다는 믿음이 있다. 또한 고객들로 인해 성장한 기업이니
그 감사함을 사회로 돌려주는 것은 우리 기업의 의무이기도 하다.

07

일체유심조(一切唯心造)

일체유심조一切唯心造는 마음이 모든 것을 지어낸다는 뜻이다. 원효가 해골에 고인 물을 마시고 깨달음을 얻었다는 것은 잘 아는 이야기다. 몰랐을 때는 해골물이 달고 시원했지만 알았을 때는 구역질을 했다. 구역질의 원인이 썩은 물 때문인가 내 마음 때문인가? 썩은 물이 원인이었다면 어젯밤에 토했어야 맞다. 결국 다 마음의 장난이었던 것이다.

소크라테스가 "너 자신을 알라."고 말했던 것도 네가 네 인생의 창조자니 마음의 위대한 힘을 알라는 것이고, 예수님의 "네 믿음대로 될지어다."란 말도 같은 맥락이라고 생각한다.

'7일간의 시간 여행'이라는 교육방송의 다큐멘터리가 있었다. 7~80대 노인들을 30년 전 환경에서 일주일을 지내게 한 뒤 살펴보니, 인지능력이나 운동신경 등이 일주일 전보다 훨씬 나아지는 결과를 확인할 수 있었다. 나이를 먹었다고 생각하면 의존적이고 노쇠해지지만 젊어졌다고 생각하는 순간 몸도 같이 젊어지는 놀라운 결과를 보여주었다.

나는 지인들에게 일체유심조란 말을 자주 한다. 많은 인연의 도움도 있었지만 내가 마음먹은 것에는 모든 열정을 받쳤고, 좋은 성과를 얻어냈다.

공고 졸업이라는 학력과 가난은 사회적 통념으로 보면 성공의 걸림돌이 될 수도 있었다. 그러나 나는 한 번도 나의 학력이나 가난 때문에 장애를 받은 적도 없었고, 대학을 가지 못한 것을 후회하지도 않았다. 오히려 낮은 학력과 흙수저의 삶이 나를 더 노력하게 만드는 추진력으로 작용했다.

어떤 사람에게는 걸림돌이 어떤 사람에게는 디딤돌이 된다. 그것은 내 마음이 결정하는 것이다. 걸림돌이라 생각하면 걸려 넘어지고 디딤돌이라 생각하면 그것을 밟고서 더 높은 곳으로 뛰어오를 수 있다. 학력, 스펙, 배경 이런 것들 때문에 자신의 무한한 가능성을 한계 지워 버린다면 매우 안타까운 일이다.

저성장 고실업의 시대라는 말을 많이 한다. 내가 할 수 있다는 믿음을 가지면 그 말은 내게 아무 영향을 미치지 않지만 내가 '저성장, 고실업'이라는 말을 되뇌며 모든 것들을 사회 탓으로 돌려버리면 내가 할 수 있는 것은 없어진다. 사회변화도 변화시킬 수 있다는 믿음을 가진 사람들이 변화를 만들어 낸다.

미꾸라지를 운송할 때 천적인 메기를 한 마리 넣으면 미꾸라지를 더 건강하고 생기 있는 상태로 운송할 수 있다고 한다. 메기한테 잡아먹히지 않으려고 활발하게 움직이기 때문이다. '메기효과 이론'이라고 하는데, 가혹하고 불리한 상황이 오히려 더 나은 결과를 만들어 낼 수 있다는 얘기다.

나는 복사용지 하나로 사업을 시작했지만 생활용품, 공구, 완구, 문구, 화방용품, 식음료, 레포츠용품까지 점점 확장해 가고 있다. 내가 처음부터 문구업계나 생활용품 업계에서 일을 해왔다면 나의 한계는 문구나 생활용품에서 벗어나지 못했을 것이다. 내가 관련 업계에서 일을 배우지 못한 것이 오히려 장점으로 작용해 내 시야와 활동 반경을 넓힌 것이다. 나는 사업이나 종교나 선을 그어두지 않는다. 그러니 지금은 한계를 벗어나 매장도 관련업계에서 전국에서 제일 크고, 나의 방식을 배우려는 사람들도 많이 찾아온다. 내가 마음먹기에 따라 한계도 극복해 낼 수 있는 것이다.

나는 젊은 대학생들에게 이렇게 말한 적이 있다.

"원하는 것을 끊임없이 상상하라."

행복도 불행도 자기 마음으로 선택하는 것이다. 성공도 마찬가지다. 그러니 끊임없이 자신의 성공한 삶, 행복한 삶을 그려보라.

아무것도 하지 않으면 아무 일도 일어나지 않는다. 그러니 도전을 두려워하지 말라.

나 역시도 새로운 도전을 꿈꾸고 있다. 기존 방식과는 전혀 다른 새로운 형태의 가맹사업을 준비하고 있는데, 시스템도 완비되었고, 그동안 축적된 노하우가 있으니 기대감 또한 크다.

흐르는 물처럼

언젠가 책을 한 번 내 보리라던 다짐이 이렇게 빨리 이루어지리라고는 미처 기대하지 못했다. 인생은 말하는 대로 이루어진다는 말을 이렇게 또 확인하게 된다. 책을 내기 위해 지난날을 돌이켜 보고 정리할 수 있는 시간이 마련되어 감회가 새로웠다. 옛 장부도 다시 들추어 보고 지나온 사진들도 다시 살펴보니 그 지난했던 날들이 다 꿈만 같다. 당장 내일 일을 걱정하던 한 청년이 불혹을 넘기고 지천명을 바라보는 지금의 나에게 손을 내밀어 다시 열정을 불어넣어 주는 것만 같았다.

지금까지는 불처럼 타오르는 열정을 쏟았다면 이제는 물처럼 깊고 꾸준한 열정이어야 한다. 내 시야도 내 가족 내 기업을 넘어 지역사회로 점점 넓어져야 한다. 나의 경험들이 물처럼 흘러 다른 누군가에게 용기가 되고 희망이 된다면 얼마나 좋을까.

이 한 권의 책이 꿈을 잃고 절망하는 사람들에게 작은 디딤돌이 되었으면 하는 소망이다.

인디언의 기우제는 반드시 이루어진다고 한다. 그 이유는 인디언들은 비가 올 때까지 한 달이고 석 달이고 기우제를 지내기 때문이다. 끝까지 물고 늘어지는 근성이 있는 사람은 결국 해내고 만다. 나 역시 이런 근성이 없었다면 여기까지 올 수 없었을 것이다.

끝까지 해내고야 마는 근성 이면에는 자기와의 싸움이 포함된다. 주저앉거나 안주하고 싶은 마음, 한 번쯤은 괜찮겠지 하는 안이한 마음, 남의 말에 흔들리는 마음, 불확실한 결과에 대한 두려움을 모두 극복해야만 끝까지 갈 수 있다. 그러기 위해 나는 항상 긍정적인 삶의 자세를 유지하려고 노력했다. 잘될 것이라는 믿음이 좌절의 순간 나를 일으켜 세우는 힘이 되었다. 목표가 분명하지 않으면 자꾸 흔들리게 되는 것이 인지상정이다. 목표를 세우고 이루어진다고 믿으면 된다. 생각이 따라주지 않으면 말이라고 그렇게 하길 바란다. 그러면 내 행동도 따라가게 되고 행동하게 되면 두려움도 없어지고 자신감이 붙게 될 것이다.

나는 한계 짓는 것을 좋아하지 않는다. 한계라는 것은 고정관념일 수 있고, 편견일 수도 있으며 도전해보지 않은 것에 대한 두려움일 수도 있다. 이런 것들은 사실을 객관적으로 보지 못하게 막는 장해물이 된다. 많이 배울수록 나이가 들수록 이런 것들에 빠지기 쉽다고 생각한다. 과거 경험으로나 내 지식으로 비춰 봤을 때 다 안다고 생각하기 때문이다. 회사를 경영하면서 유연하고 창의적인 생각이 얼마나 중요한지 깨닫는다. 인재도 그런 인재가 필요하다. 보다 독창적이고 재기발랄한 생각을 가진 사람들이 세상을 바꿔 나가야 한다. 정체되어 있으면 언젠가 부패하고, 그러다 동력을 잃고 멈춰버린다. 창의적이고 상상력이 풍부한 인재들이 새로운 바람을 일으키며 변화를 시켜 나갈 때 기업도 사회도 생기가 돌게 된다.

벼룩은 20~30cm 이상 뛸 수 있다고 한다. 한 생물학자가 6-7cm 되는 깊이의 유리컵에 벼룩을 넣고 뚜껑을 닫아버렸다. 벼룩은 높이 뛰려다 천장에 부딪히길 반복했다. 나중에 생물학자가 뚜껑을 열었을 때 벼룩은 병 속에서 탈출했을까? 천정의 한계를 경험한 벼룩은 뚜껑을 열었을 때도 7cm 밖에 뛰지 못해 탈출의 길이 열렸는데도 도망갈 수 없게 되었다. 7cm 밖에 뛰지 못하는 한계는 누가 만들었을까? 벼룩은 몇 번 부딪혀 아픔을 경험하고는 자기 한계를 스스로 만들어버린 것이다.

우리의 삶도 이런 것이 아닐까 생각한다. 몇 번의 실패로 자신의 커다란 가능성을 잊은 채 한계 속에서 살고 있는지도 모르겠다.

나는 사업가이기도 하지만 나이가 많이 들어서는 교육가나 상담가로서의 역할도 기대한다. 젊은 시절 종교단체에서 수백 명의 사람들 앞에서 강의를 했던 것은 내재된 재능의 발로가 아닐까 생각해 보았다. 사업을 하면서 겪었던 시행착오들과 직원을 뽑기 위해 배웠던 사주, 관상 같은 주역 공부를 융합시킨다면 새로운 일을 시작하는 사람들이나 삶의 지혜를 찾고자 하는 사람들에게 도움을 줄 수 있으리라 생각한다.

이 순간까지 늘 가슴으로 응원해준 가족들과 다다오피스에서 열정을 쏟아준 직원들, 다다오피스를 믿고 찾아주시는 고객님들, 물심양면으로 지지해주고 도와주었던 많은 분들께 다시 한 번 심심한 감사를 드린다.

"네 믿음대로 될지어다."라는 성경말씀이 있다. 현재 종교를 갖고 있지는 않지만 귀한 말씀들은 늘 기억하며 되새기고 있다. 이 말씀대로 모든 사람들이 함께 소망하는 바를 이루기를 기원한다.

좌절과 고통을 이겨내어
성공의 길로 향한 비결을 탐독하시고
행복과 긍정의 에너지가
팡팡팡 샘솟으시기를 기원드립니다!

권선복
도서출판 행복에너지 대표이사
한국정책학회 운영이사

'동이 트기 전 새벽이 가장 어둡다'라는 이야기가 있습니다.
캄캄하기만 한 어둠이 언제까지고 지속되지는 않는 법입니다.
아주 기본적인 진리를 가슴 속에 품고 밝아오는 희망의 미래를
어떻게 준비하느냐가 가장 중요하다고 할 수 있겠습니다.

『무일푼 노숙자 100억 CEO되다』는 현재 사무용품 일등기업
으로 우뚝 선 '다다오피스' 대표 최인규 저자가 젊은 시절 우여
곡절을 겪으며 노숙자로서 살게 된 이야기부터 사무용품 전문
기업으로 회사를 키우기까지의 성공 비결 노하우들을 고스란히
담아낸 책입니다.
아무런 자본 없이 오로지 뚝심 하나로 사업을 시작하여 어디
에도 드러내기 힘든 시련의 과정을 가감 없이 공개하였습니다.

책을 읽는 독자들이 타산지석으로 두고두고 읽을 만한 금과옥
조의 경험담이라 하겠습니다.

그 중에서도 여러분이 가장 눈여겨보셔야 할 것은 바로 빛나
는 아이디어를 적시적소에 활용하는 방법일 것입니다. 최인규
저자는 필요하다면 어설픈 관행은 과감히 철폐하고 그 자리에
자신만의 아이디어를 발휘하여 기존에 없던 참신함을 통해 고
객의 마음을 이끌어 내었습니다. 파는 사람의 마음이 아닌 사는
사람의 마음을 품은 CEO는 생각의 출발선부터 다르다는 점을
보는 이들이 모두 느끼게 될 것입니다.

생활에서 자연스럽게 체득하듯이 익힐 수 있는 저자의 노하
우를 책을 통해 일부분이라도 얻어갈 수 있다면 독자들께서도
또한 어떠한 어려움이 닥쳐와도 쉽게 이겨내리라 믿어 의심치
않습니다.

책『무일푼 노숙자 100억 CEO되다』가 시련과 고난을 이겨내
어 다시 성공의 길로 들어서기 위한 훌륭한 지침서로서 책을 읽
는 모든 이들의 곁을 지켜주길 바라오며, 이 책을 읽는 모든 분
들의 삶에 행복과 긍정의 에너지가 팡팡팡 샘솟으시기를 기원드
립니다.

즐거운 정직

김석돈 지음 | 값 15,000원

책 『즐거운 정직』은 꿈과 행복을 향해 나아가는 길, 반드시 가슴에 새기고 지향해야 할 가치 '정직'이 우리 삶에 얼마나 중요한지를 다양한 사례와 연구를 통해 제시한다. 정직이라는 가치가 땅에 떨어진 시대, 혼란한 삶을 살아가는 대한민국 국민들에게 가장 필요한 이야기들을 책 한 권에 가득 담아내었다. 수많은 선지자들이 삶을 행복으로 이끌기 위해 반드시 정직하게 살아야 함을 강조했던 까닭을 이 책을 통해 많은 이들이 다시금 곱씹어 보기를 기대해 본다.

눈사람 미역국

이상덕 지음 | 박 훈 그림 | 값 15,000원

책 『눈사람 미역국』은 현재 청송교도소에 수감 중인 저자가 교도소 안에서 겪은 일들을 차분하게 풀어내고 있는 에세이집입니다. 교도소 안에서의 생활, 또 그 하루하루를 통해 느낀 것들을 꼼꼼하게 써 내려 간 이 책을 통해 저자는 저와 비슷한 처지에 놓여 있거나 그보다 더 힘든 일로 좌절한 많은 사람들을 위로하고자 합니다. 아무도 모르게 꽁꽁 감춰두고 싶었을지도 모르는 자신의 삶까지 글을 통해 고스란히 담아낸 이 책에서, 과거를 반성하고 새로운 희망을 품으며 이겨내고자 하는 저자의 굳은 의지를 엿볼 수 있습니다.

성장, '의미'로 실현하라!

유재천 지음 | 값 15,000원

책 『성장, '의미'로 실현하라』는 기존 자기계발서와는 명확히 구분되는 특징과 장점이 가득하다. Engineering 기법을 적용한 최초의 자기계발서로서, 국내 1호 의미공학자인 저자의 평생 연구가 고스란히 담겨 있다. 그는 이 책을 통해 '의미'라는 추상적 개념이 어떻게 우리 삶에 실용적으로 적용되는지를 다양한 사례와 검증을 통해 제시함은 물론, 앞으로 국내 자기계발서들이 나아가야 할 방향을 명쾌히 설정해주고 있다.

나부터 작은 것부터 지금부터

임상국 지음 | 값 15,000원

이 책은 무언가 새롭게 시작하는 사람에게 꿈과 비전을 주기 위함이다. 많은 사람이 '무엇을 할까? 어떻게 할까?'를 고민할 때 '이렇게 하면 됩니다'라고 자신 있게 들려줄 수 있는 이슈 인물들의 감동적인 이야기를 저자의 경험과 함께 담은 책이다. 가난하다고 꿈조차 가난할 수는 없다. 세상 탓, 남 탓, 환경 탓만 하기엔 시간이 너무 짧고 할 일은 너무 많다. '나부터 작은 것부터 지금부터'의 행함이 나와 여러분이 바라는 진정한 꿈을 이루도록 도울 것이고, 새롭게 변화된 삶으로 꿈 너머 꿈까지 실현하는 행복한 삶을 경험하게 만들 것이다.

오월이 오는 길

위재천 지음 | 값 15,000원

시집 『오월이 오는 길』은 평범한 일상이 놀라운 깨달음으로 다가오는 기쁨을 독자에게 선사한다. 자신의 작품은 물론, 함께 동고동락하는 직원들, 유관단체 임원들 그리고 시 문화를 창출하는 지역민들의 시를 함께 모아 엮었다. 시집은 사계, 불심, 추억, 일상이라는 각각의 주제 아래 시종일관 따스하고 아련한 서정시들의 향연을 이루고 있다. '스르르 잠기는 두 눈 사이로 오는 오월'처럼, 이 시집에 담긴 온기가 독자들의 마음속으로 스며들기를 기대해 본다.

울지 마! 제이

김재원 지음 | 값 15,000원

책 『울지 마! 제이』는 이 시대의 'n포세대'처럼 인생길에서 방황하며 힘겨워하는 모든 '제이'들을 위로하며 삶의 지혜를 담은 메시지를 전해준다. 여기서의 '제이'는 특정한 인물을 지칭하는 단어가 아니다. 바로 나 자신을 돌아보고 다시 앞으로 걸어 나갈 수 있는 원동력이 되는 나의 '자아'다. 그래서 허상에 그치는 이야기가 아니라 바로 나의 이야기, 나 자신에게 들려주고 싶은 위로의 말이 바로 이 책에 녹아 있는 것이다.

휴넷 오풍연 이사의 행복일기

오풍연 지음 | 값 15,000원

책 『휴넷 오풍연 이사의 행복일기』는 저자가 2016년 한 해 동안 새벽마다 꾸준히 썼던 일기를 차곡차곡 모아 펴낸 독특한 형식의 에세이집이다. 남이 일기에 어떤 이야기를 썼는지 궁금해하며 몰래 보는 것처럼, 이 책 또한 꼭 저자의 일기를 들여다보는 느낌이라 한 번 읽기 시작하면 쉽게 책을 놓을 수가 없다. 이런 독특한 개성을 가진 글을, 저자 본인은 '오풍연 문학'이라고 칭하고 있다. 매일 쓰는 몇 줄의 일기도 문학이 될 수 있음을 몸소 보여주는 셈이다.

나는 스캐폴더다

윤영일 지음 | 값 15,000원

책 『나는 스캐폴더다』는 맨손으로 메디슨 자회사 메리디안의 호남총판 대표의 자리까지 올랐던 윤영일 전 대표가 고난과 역경의 시간을 겪고 조선소의 족장맨, 스캐폴더로 자리 잡기까지의 삶과 재기의 기반을 다지기 위해 할 수 있는 모든 역량을 갖가지 분야에 분산 투자하며 노력한 과정을 낱낱이 소개한다. 책에 표현한 저자의 진솔한 마음은 본인이 겪었던 고난과 역경을 이겨내는 과정이 얼마나 힘겨우면서도 성공의 길이 얼마나 절실한 것인지 간접적으로 느낄 수 있게 한다.

Happy Energy books

하루 5분 나를 바꾸는 긍정훈련
행복에너지

'긍정훈련'당신의 삶을 행복으로 인도할
최고의, 최후의 '멘토'

'행복에너지 권선복 대표이사'가 전하는
행복과 긍정의 에너지, 그 삶의 이야기!

권선복

도서출판 행복에너지 대표
대통령직속 지역발전위원
문화복지 전문위원
새마을문고 서울시 강서구
한국정책학회 운영이사
영상고등학교 운영위원장
아주대학교 공공정책대학
충남 논산 출생

국민 한 사람, 한 사람이 모여 큰 뜻을 이루고 그 뜻에 걸맞은 지혜로운 대한민국이 되기 위한 긍정의 위력을 이 책에서 보았습니다. 이 책의 출간이 부디 사회 곳곳 '긍정하는 사람들'을 이끌고 나아가 국민 전체의 앞날에 길잡이가 되어주길 기원합니다.

** **이원종** 前 대통령 비서실장/서울시장/충북도지사

'하루 5분 나를 바꾸는 긍정훈련'이라는 부제에서 알 수 있듯 이 책은 귀감이 되는 사례를 전파하여 개인에게만 머무르지 않는, 사회 전체의 시각에 입각한 '새로운 생활에의 초대'입니다. 독자 여러분께서는 긍정으로 무장되어 가는 자신을 발견할 수 있을 것입니다.

** **조영탁** 휴넷 대표이사

권선복 지음 |